彼女と彼女の猫

她和她的猫

新海诚 原作　永川成基 著

上海译文出版社

目录

第一章　语言的海洋

一

初春，天空飘着雨。

如雾般的细雨从天而降，我静静地躺在路旁。

路过的行人只稍稍瞥了我一眼，便行色匆匆地离去了。

终于，我连抬起头的力气都没有了，只睁着一只眼，望着黑沉沉的天空。

四周安静极了，只听到远处传来电车雷鸣般的声响。

电车行驶在高架桥上，声音充满力量且富有节奏。

我一直对这个声音充满了憧憬和向往。

我体内微弱的心跳都能赋予我生命，那么电车如此巨大的声响将会撼动多么大的世界啊。

这一定是整个世界心跳的声音，一个有力、强大、完美的世界——而我，却从未融入其中。

淅淅沥沥的雨滴静谧而又均匀地降落。我把脸紧紧贴在纸箱底部，陷入一种缓缓上升的错觉。

一直升到天空的另一端，升到任何想要到达的地方。

最后，"咯噔"一声，我将永远地离开这个世界。

当初，是妈妈把我带到了世界上。

妈妈无微不至的关怀，给了我所有想要的一切。

但现在，妈妈已经不在了。

我已经不记得为什么会变成现在这个样子，不记得自己为什么会躺在纸箱子里任凭雨淋风吹。

我们无法将所有的事情都装进回忆里，我们只能记住那些真正重要的事情，但于我，却没有什么特别值得留恋的。

雨点轻轻地落在我的身上。

我似乎只剩下一具空壳，慢慢地、慢慢地升向灰色的天空。

我索性闭上眼，等待着自己永远离开的那一瞬的到来。

电车的声响似乎比先前大了些。

我睁开眼，看到了一张女孩的脸。她撑着一把大大的塑料伞，从箱子的正上方注视着我。

她是从什么时候开始注意到我的呢？

她蹲下身，下巴抵在膝盖上，目不转睛地望着我，长发从她的前额垂下。电车的声音受到雨伞的反射，听起来似乎比平时更大一些。

雨淋湿了她的头发，我的全身也都湿透了。四周弥漫着好闻的雨的味道。

我吃力地抬起头，双眼直视着她。

她的眼神有些游移，并一度移开了视线，但随后便下定决心般地凝视着我——我们就这样相互注视着对方。

地球依然静静地转动，我和她的体温都在不知不觉中失去了温度。

“跟我回家吧！”

她冰冷的指尖触碰到了我的身体，随后轻轻地将我抱起。从上面望下去，刚才躺过的纸箱竟是那样小。她把我裹在夹克和毛衣中间，她的体温竟是那样温暖。

我听到了她的心跳。她抱着我离开，电车的声音渐渐远去——我、她，还有整个世界同一时间开始了脉动。

那一天，我被她抱回了家。从此以后，我成了她的猫。

社会基本上都是由语言编织而成的。

这一点我是在参加工作步入社会之后才领悟到的。“你把这个处理一下”、“别忘了告诉一下某某君”——工作中尽是这些模棱两可、稍纵即逝的话语。大家都视此为理所当然，而我却觉得这简直就是个奇迹。

相比而言，我更喜欢书面的交流，因为它可以完好地保存下来。大家都觉得案头工作很无趣，而我却欣然接受了这份工作，并因此得到了公司的重用。

我觉得做案头工作可以让我更加放松。我不太喜欢说话，而且经常会找不到话题。但我身边的朋友们都很健谈，读短期大学时的好友珠希便是其中一个。每次跟珠希聊天，她都能逗得我哈哈大笑。

珠希总是能发现很多我发现不了的有意思的事情，简直就像有特异功能一样。我经常暗自赞叹：珠希真厉害！

我一向喜欢健谈的人。

我的男友信比我小一岁，也非常健谈。他会讲很多事情给我听，比如保险公司的工作，比如科幻电影和电子音乐，再比如中国古代的战争，等等。

我也因此对保险体系以及武将的名字有了更多的了解。

珠希喜欢用语言来描述外在的东西，信则更擅长将自己内心的感受表达出来，而我不管外在还是内在的都说不出来。

一到春天，尤其是在这样的雨天，我都会不由得想起第一次租房时的情形。

我一个人找到房屋中介，战战兢兢地签了租房合同，开始了一个人的生活。搬家时，也像今天一样下着雨，珠希赶来帮忙。当时和珠希一起来的，还有信。

两个人帮我安顿好行李，装好橱具，然后我们仨一起去附近吃了套餐。

我还是头一次让朋友和男生帮着搬家，并和他们一起吃饭。这种场景犹如电视剧中的画面，让我觉得并不真实。珠希看我不知该如何表达这种感觉，于是便说：

"这种场合会让人不由得想到学生时代，对吧?!"

信笑了。

我也勉强地露出笑脸，看来一般人并不会把这种场合放在心上。

我意识到，即使开始一个人独立生活，也不会给我带来多么大的改变。

搬家后不久，信来到我家。

当时，家里洗衣机的水龙头有些松动，与胶皮管连接的地方总是往外冒水。我曾跟珠希提起过这件事，于是，珠希就把信派来了。

我本来以为珠希会来，结果来的却是信，这让我有点不知所措。信从装修用品店买来了很多工具和材料，帮我把漏水的地方修好了。我发现自己竟然连应该先关掉自来水的总开关都不知道。

像信这样的男人如果能一直陪在我的身边那该多好啊，我这样想到。并且，让我感到惊讶的是，我竟然极其轻松地将我内心的想法告诉了信。

那是我第一次那么直白地表达自己内心的感受。

那天，信住在了我家。

我发现语言果真能改变世界，甚至到了让人觉得可怕的地步。

自此以后，我们几乎每周都会在我家见一次面。但后来，由于信的工作突然忙起来，我们见面的机会也就少了。

我一直把信当做自己的男朋友。

至于我在他心目中的位置，虽然他没有明确地说过，但我仍然愿意相信那是心照不宣的事情。

上小学时，同学纷纷传看杂志中的少女漫画，漫画的结局往往都是女主人公找到了心仪的男友。有了男朋友，女孩就能过上幸福的生活。但我知道，现实并非如此。

有了男朋友，有时反而会比单身时更让人感到寂寞。

我已经三个月没有见到信了。今天两个人终于再次见面了，我们并肩漫步在春雨中。他依然很健谈、很温柔。

我徜徉在他的声音里，心情无比舒畅。但当只剩我一个人的时候，不安就会袭来，就和突然发现自己置身一望无际的深海是同样的感觉。

“我们是在交往，对吧?!”

这句话我始终没能说出口。我怕一旦说出来，两个人连现在的关系都无法维持了，到那时我肯定会痛不欲生。

今天，我依然像一颗人造卫星似的，一边徘徊在真正想听的话的周围，一边回应着信的话。

我觉得自己简直就是个小学生，或许是因为上小学时没有学会处理这样的事情，所以才会出现今天这种局面。

最终，他也没有说出那句我真正想听的话。

我们在他单位附近分开。下次见面应该要很久以后了吧，我这样想到。

电车到站后，我从另一条平时不太走的路回家。虽然有些绕远，但我就是想在初春冷冷的雨中一个人多走一会儿。

于是，我遇到了我的猫。

二

她的房间里弥漫着她的味道，让我感到非常放松。

这是我和她一起度过的第一个早晨。我从未在如此温暖的地方醒来。她早已起床，炉子上正烧着水。

我望着水壶嘴里冒出的热气，她对我说："早上好！"

她打开窗帘，窗外被朝霞染红了的云彩分外漂亮。

她住在公寓的二层，正好在一个斜坡上，我看到电车从高架桥上驶过。

我终于知道，原来那个声音是这里的电车发出的。

我向她表达了我内心的激动，她微笑着对我说："是呀。太好了，卓比。"

卓比？

"以后你就叫卓比了！"

这是她第一次用卓比这个名字称呼我。

卓比。我很喜欢她给我取的这个名字——我决定要永远记住这个早晨。

我马上喜欢上了她。

她是那么美丽、那么温柔，她察觉到我在看她时，表情是那样柔和，并向我露出浅浅的笑容。

她在吃饭前，先帮我拿来了早饭。

盛有牛奶的盘子、罐头，还有嘎吱嘎吱很有嚼劲儿的猫粮。

我舔了舔盘子里的牛奶，她蹲在我身旁，手里捧着装有热牛奶的白色大马克杯。我们两个紧挨着，喝着同样的东西。

她的举止沉着而优雅，我待在她的身边，心情也会平静很多。

我只吃了一半（本能告诉我，要留一些食物以备不时之需），然后就在她的旁边打了个滚儿，露出肚皮。她慢慢地抚摸着我肚子上的软毛，我满足地摇着尾巴。

她有时会躺在地板上看书，我喜欢爬到她的肚子上。这时，她会默默地抚摸着我的后背。

我也喜欢看她洗衣服。她换下来的衣服上也带有她的气息，我钻到里面，心旷神怡。

我还喜欢看她晾衣服。我和她来到阳台上，一边晾衣服，一边望着广阔无垠的蓝天、路上的行人和车辆。

我的床上铺着她的毛衣，我就睡在那上面——那是我们第一次见面时她穿的那件白色毛衣。

我刚到她家的那段时间，夜里经常被噩梦惊醒，当然，我已不记得梦的内容，每当此时，她都会来到我的身边，轻轻地抚摸着我。

她是那么温柔，那样温暖。

她总是自己做饭自己吃。

我喜欢她做大酱汤，因为我可以吃到小杂鱼干。我还喜欢她吃凉豆腐，因为她会在我的罐头上放上鲣鱼干。

她一边做饭，一边哼唱着各种歌曲。我非常喜欢她的歌声。

“卓比——”

她总是这样叫我。这个名字使她和我结合，而她则将我和世界连在了一起。

每天早上，我都会在同一个时间起床，按照同样的顺序准备早饭，看同一个电视节目，在同一个时间去上班。

令我高兴的是，自从开始一个人生活，我每天都过得很有规律，当知道还有自己可以控制的东西时，心情会变得很平静。

卓比的到来并没有给我的生活带来太大变化。以前我父母家曾养过一条狗，雨天雪天都得带它出去散步，但猫却是一种不太让人费心的动物。

今天，我和往常一样，在闹铃快要响时醒来，关掉闹钟。我能感觉到卓比的存在。我拿起枕边的体温计，测了一下基础体温。自打和信交往以来，我开始制定基础体温表，也已经养成了测体温的习惯，一天不测就会觉得少了点什么，而且如果不测的话，以前记录的体温也就白费了。

早晨的阳光透过大窗户照进来，我开始准备早饭。我多做了一些饭团，剩下的可以作为中午的盒饭。

我和卓比一起喝了牛奶，然后脱下睡衣，换上工作装。看到卓比正和我刚刚脱下来的睡衣玩耍，我有些陶醉其中。

我喜欢看她在镜子前化妆时的侧脸。娴熟的动作，逐一拿起小小的化妆用具。她不管做什么都是规规矩矩的。化完妆后，她把拿出来的小用具又一个个放回原来的位置，最后喷了点香水，香气弥漫了整个房间。

她的香水有一种被雨打湿的草丛的味道。

电视上正播着天气预报。

每天早上，天气预报一过，她就要去上班了。

我非常喜欢早上她离开家门时的身影。

长发束起，外面罩上与头发相同颜色的夹克衫，穿上高跟鞋。

我会在门口望着她。

她俯下身，把手放在我的头上，对我说：

“那我去上班啦！”

然后起身，打开重重的铁门。

早晨的阳光透过门的缝隙照进来，我不由得眯起眼睛。

路上注意安全——

她出门去了，高跟鞋发出好听的声音。

我回味着刚才她手放在我头上的感觉，听着她下楼渐渐远去的脚步声。

送走她以后，我爬上椅子，隔着阳台望着行驶在高架桥上的电车，或许她就在其中某一趟电车里。

看够了电车，我从椅子上跳下来。

屋子里依然能感受到她香水的味道。我沉浸其中，再次进入梦乡。

我挤在电车上，想着卓比。

卓比在睡觉的时候，或者比较投入地干一件事情时，不管你怎么喊他，他都会装作听不见，但当他想让你逗他时，就会突然躺在那里露出肚皮。

如果我假装不知从他身上跨过，他便会迅速跑到我的面前，再次躺下露出肚皮——实在是可爱得不得了。

我不由一笑，然后迅速恢复了严肃。这趟电车上有很多同事也有很多学生，要是被他们看到我在傻笑，那简直太丢脸了。

家里，卓比在等着我下班，这种感觉真好。

贴在电车门上的婚姻介绍所的广告映入眼帘。

结婚带给人的满足，或许也就是这种感觉。而现在，卓比给了我这种喜悦。

我有个同学已经结婚了，并且已经有了孩子。毕业时，她与男友走进了婚姻的殿堂。她寄给我一张贺年卡，上面是她抱着孩子与她老公的合影。我设想将照片中的人换成是我和信，但实在太不真实，我只能苦笑。

我连我们是不是在交往都问不出口，更何况提结婚的事。或许有了孩子他就会跟我结婚也未可知。

我是真的想结婚吗?

我脑海中浮现出一幅画面：我上了年纪，和满屋子的猫住在一起。

车内广播说换乘站就要到了。

我使劲儿挤下了电车。

我在美术设计类专科学校上班。到了单位，我坐到自己的座位上。工作中，我多是与文件和成堆的资料打交道。同事座位上的资料压了过来，挤倒了我的笔筒。我也不愿意说什么，因为那样别人或许会说我心胸狭窄，而且本来就是桌子太小的缘故。我这样说服自己，并打开了电脑。

我从睡梦中醒来，伸了个懒腰，决定出去走走。

墙上有个洞，那应该是安煤气炉时留下的，我可以通过那里来到阳台。她想到我可能会想要到外面去，所以专门为我留出一条通道。

“等你再长大些了，这里就钻不出去了，到时候再想别的办法吧。”

她这样说道。不过，我们猫要比她想象的柔软，能自由通过非常狭小的地方，所以，暂时应该没有问题。

今天天气不错，风也很惬意。我透过阳台的栏杆，望着电车、路上的行人和车辆。在确定世界仍在转动后，我顺着隔壁以及隔壁的隔壁的阳台，来到了外面的台阶。

外面充斥着各种气味——土的味道、风吹来的其他动物的味道、不知谁家厨房里飘来的味道，还有尾气和垃圾场的味道。

我来到地面上，抬头望着她的住处。那是一座夹在高层建筑中的二层公寓，虽然每个房间的窗户都是一样的，但我一眼就认出了她的房间。

我绕着公寓转了一圈。我们猫类都有自己的领地，她的公寓周围就是我的领地。来回走走嗅一嗅味道，看看有没有其他的猫接近这里，然后留下我的味道。

说实在的，我自己并不太在乎什么领地，这样做可能只是出于猫的本能。

转完一圈，早上的巡视就算结束了。但随着我对周围越来越熟悉，就想拓展一下自己的领地。

拓展的目标在高架桥的另一侧，是一条坡路的上方，因为那里我没有闻到有其他猫的气味。

领地越大越好，这是我们的本能，但前提是不与其他的猫发生冲突。

为了不被车碾到，或者不被人说闲话，我们行动时都会尽量选择高的或者窄的地方，比如墙上，或者树丛下。

最终，我到了一家院子里满是绿色的独门独户的院落。

我立刻明白了为什么这附近没有猫居住，因为这里有一只很大的狗。

这只狗看上去年纪已经很大了，耳朵很长，身上布满黑白相间的斑点。

大多数情况下狗是不欢迎我们猫的，但正当我要离开时，他却主动跟我打了声招呼。

“好久不见了，小白！”

他的声音是那么从容，我不禁使劲儿眨了一下眼睛。他虽然个头很大，却完全没有一点儿傲慢的感觉。

“……你好。”

我怯怯地答道。

“你依然还是个大美女啊！”

他说我是美女？ 看来狗是无法辨别我们猫的性别的。

“我是男的！”我稍稍有些生气地回答——当然，我之所以敢生气，是因为我看到他是被拴在那里的。

“这样啊……”他似乎没有不高兴，接着说，“那就是一个大帅哥！”

似乎有些言不由衷。

“谢谢夸奖。”

我真诚地表达了我的谢意。不过，这真是一只奇怪的狗，我对他充满了好奇。

“我不叫小白，我叫卓比。”

他睁大眼睛说道：“你是，卓比？……你不是小白呀。不好意思我认错了，因为这里原本是小白的领地……”

听到这里，我有些失望，没想到这里早就有过主人。

“但现在好像没有其他的猫呀，因为如果有的话，我会闻到猫的味道的……”

“那是自然，因为我在这里守着，不让其他的猫靠近。”

他的话愈发让我感到奇怪。

“我从没听说过狗可以帮猫守着领地。”

“因为这是我和小白的约定。”

“那小白现在去哪儿了？”

“最近突然见不着了，我最后见她的时候，她好像怀孕了。”

听它这么一说，我心里就有数了。

和我长得一模一样的雪白的猫——

“那肯定是我的妈妈！”

我挤出这样一句话。我现在之所以孤身一人，坡上之所以没有猫的味道，都是源自一个原因，那就是——小白已经不在了。

他深深地吸了一口气，说：“约翰……”

“约翰？”

“我的名字。我告诉你一件重要的事，因为我觉得你最好知道一下。”约翰严肃地说道。

“好的，约翰。”

“卓比，小白很疼你的吧？”

“我已经不记得了，不过我想应该是的。”

“这样啊……”约翰稍微停顿了一下，“小白和我就像恋人一样。”

约翰马上切换到了另外一个话题。

“恋人？”我问道。

“漂亮的女孩都是我的恋人。”

“嗬？”

“小白和你一样，长着一身漂亮的白毛。”

约翰以一种陶醉其中的口吻说道。

“谢谢。”

我的毛发之所以这么漂亮，都是我的主人帮我打理得好。

“小白非常关心你和你的兄弟姐妹们……”

听到这里，我的心里感到一丝温暖。

“卓比，今后就由你来守护这块领地吧！”

“我可以吗？”

“小白知道了，肯定也会高兴的。这是她曾经在此生活过的证明！”

“谢谢你，约翰！”

“我是为了我那漂亮的恋人……”约翰旁若无人地打了个呵欠，“有时间再来玩啊！”

我们之间的对话结束了。约翰枕着前腿，睡着了。

我迈着小碎步，一边下坡，一边想：真是不可思议啊。

我曾经想要离开这个世界，却被她救回了家，于是努力地活了下来。然后心血来潮四处闲逛，竟偶遇约翰……于是听到了关于妈妈的故事，并继承了妈妈的领地。

我原本想要离开，现在却又重新与这个世界有了交集。

我又重新成为这个世界的一员。

午休时，我坐在自己的办公桌前吃了盒饭，然后进了附近一家冷饮店。这家店价格偏贵，学生们基本上不来，所以能够完全放松不被打扰。

我点了一杯咖啡，忽然想到，我还没有把卓比的事情告诉信。

平时，我几乎不会主动给信打电话。信一直很忙，当然，这不是真正的原因。其实我很害怕，害怕说着说着没有了话题，或者说一些不该说的话而遭到信的讨厌。

但是，说到卓比，我想我会有说不完的话。

信是喜欢猫，还是讨厌猫呢？

我这才发现我并不知道。他跟我说过那么多话，唯独没有说起过猫。

我翻出手机的通话记录，给信打了个电话。通话记录显示，上次打电话已经是很久以前的事了。刚开始交往时一天能打无数次电话，后来就越来越少了。电话无人接听，自动转入语音信箱。

“您好，我现在暂时不方便接听您的电话，请留言。”

我突然没了心情，于是也没有留言，直接挂断了电话。

我叹了一口气，将身体深深地陷在冷饮店的沙发里。

手机震动了一下，我急忙查看，原来是珠希发来的短信。

她的短信中有很多表情符号，内容也是高强度的。

黄金周我去找你玩啊！

这种没有商量余地的口吻是珠希的一贯做派。我回复说：

好，我等你……

觉得光说这些有点不太合适，于是顺便发去了卓比的照片。

服务生端来了咖啡。我喝了一口，就决定给信发个短信。信不怎么给我发短信，他比较爱说话，有事就直接打电话了。

我捡了一只猫，名叫卓比。

我考虑了很久该怎么说，结果最终还是再平常不过的内容。我还给他发去了卓比的照片。本来还想发一张我的照片，想了想，最终没发。

卓比的照片都是露着肚皮的姿势。

她总是在固定的时间回到家里。

当我听到外侧水泥楼梯上她高跟鞋发出的声音，我便会跑到门口等着她。不一会儿，重重的门打开了，她出现在我的面前。

“你回来啦！”我“喵——”了一声。

“我回来了！”

她一边脱鞋，一边抚摸着我的头，有时还会把我抱在怀里。她的身上带回来很多外面的气味。

其他人的气味、陌生地方的泥土的气味、我所不知晓的空气的气味……我用后脑勺蹭着她的脚踝，心情舒畅地闻着她带回来的各种各样的气味，我是想要在她身上留下被冲淡了的我的气味。

今天我有很多话可以跟她说。

偶遇约翰、妈妈的领地，还有，她身上的新的气味。

她一边听我讲今天发生的事情，一边为我打开我的晚饭——罐头，然后去了厨房。

我吃着罐头，嘴里含混不清地讲着妈妈的故事。这时，她的手机响了。

可能是信打来的。

我关掉火，放下手中炒菜的长筷，拿起手机。遗憾的是，手机上显示的是妈妈的名字。

“喂——”

卓比咯哧咯哧地用纸箱子上的抓板磨着爪子。可能是被电话吓到了，他有点不太高兴。

“美优，你怎么无精打采的？”

电话不是信打来的，我有些失落，妈妈可能是感觉到了。

“没有啊……”

“啊，你肯定以为是男朋友打来的，结果是妈妈，很失望吧？”

妈妈问得这么直接，我一时间不知道该怎么去回答她。于是，我什么都没说。

“不是吧。你什么时候交的男朋友？也不给妈妈介绍一下。怎么样，他人还不错吧？”

“我哪有什么男朋友啊……”

“那好吧，那你黄金周有什么打算呀？”

“我一个朋友要来。”

“男朋友吧？”

“才不是呢，是短大的同学珠希。”

“啊，小珠啊，明白了。对了，我倒没什么，你爸很想你，你找时间回来一趟吧！”

“嗯。”

“米还有吗？”

“还有。”

“不是吧，我又给你寄了一些。”

寄之前应该问一下我的……

“你有什么想要的东西没有？”

“暂时没有。”

“这样啊，那我挂了啊！”

妈妈挂断了电话。妈妈一向只顾说自己的，不太让别人说话。而我却和她完全不同，真是不可思议。妈妈的电话倒是排遣了我的烦闷，我感觉自己又重新打起了精神。

于是，我又给信发了一条短信：

GW[①] 有什么计划吗？

① 黄金周的缩写。

我正煮着乌冬面，信回短信了。

抱歉，得加班。

短信只有五个字，只字未提卓比的事。

唉，我不由得叹了一口气。

因为火一会儿开一会儿关，乌冬面煮烂了。我打开一袋鲣鱼干，一半浇在乌冬面上，一半撒在卓比盘子里的猫罐头上。

卓比十分喜欢鲣鱼干的味道，今天它可以大饱口福了。

我在整理手机里储存的照片时，看到了我和信的合影——那是在日本最有名的主题公园里与吉祥物一起拍的。

看着看着，情绪不免有些低落。

卓比爬到我的膝盖上，从我和桌子之间探出头来。

“这是我——”

照片中的我一副和周围气氛格格不入的表情。

“这是我的男朋友。”

对卓比，我没有什么可避讳的。卓比不可思议地望着我的照片。

晚上，巡视的时间到了，我准时醒来。她还没睡，正在微弱的光线下发短信。她一般不熬夜，她穿着睡衣，说明已经洗过澡了。

我轻轻地环视四周，尽量不影响到她。在确认没有什么异常之后，喝了一口盘子里的水，把剩下的晚饭吃光，然后爬到她的膝盖上。

“还是算了……”

她自言自语道，并将手机里已经输入的内容删除了。

我抬起头看着她，她的笑容有些僵硬，表情和晚饭时让我看的照片是一样的。

我要是也认识字就好了。这样想着，我爬上铺着她的毛衣的床，睡着了。

三

黄金周时，珠希来找我玩。

我们本来也想要不出去旅游玩一下，但考虑到卓比在家，于是决定待在家里。

我做了点吃的，俩人喝了点啤酒，然后边看珠希拿来的 DVD，便闲扯一些无聊的话。

卓比马上跟珠希熟悉起来，还让珠希摸他的肚皮。

“也太不专一了吧!”珠希笑着说。

“多个朋友多条路嘛!”我说道。

“男人哪!”

珠希的情绪突然有些低落。她喜欢一个男生，可那个男生有些迟钝，一直不明白珠希的心思。

我突然想到，我还没有跟珠希说我和信的事呢。我原本想着我们两个正式交往以后再跟她说的，可一直拖到现在我也没能得到信的答复……所以一直也不知道该怎样跟珠希说。

虽然珠希只在我家待了一天，却让我把攒了足足一个月的笑都释放了出来。珠希的到来，使我最近烦闷的心情得以缓解，我觉得自己又可以继续努力奋斗下去了。

学校有个学生，画画得出奇的好。

据经验丰富的老师说，学校每年都会招到一两个才华出众的学生。这个学生叫丽奈，她最擅长用超脱现实的色彩描绘世界，我总是期待看到她交上来的作业。

丽奈虽然会按时交作业，但老师和同学对她的评价并不高，可能是因为她上课态度不好的缘故。

“美优你有男朋友吗？”

丽奈以一种俨然是我的好友的口吻问我。据同事们讲，这是丽奈与我亲近的表现。

“无可奉告。”

我不慌不忙地答道，我早已熟悉了我的工作。

“雅人是不是喜欢美优啊！？上次他交的作业画的好像就是你……”

雅人是丽奈的同班同学，看来她毕竟还是个孩子啊。

“好了，快把作业交给我吧！”

“好吧。”

丽奈的素描作业依旧那么出色。

丽奈离开后，我突然想起她刚才说的话，于是拿出了雅人的素描作业。雅人画中的那个人，与其说是像我，其实更像丽奈。

学校的镰田老师拿起丽奈的作业，“有才华不难，难在保持啊。正如宫泽贤治的诗里说的，所有的才华、力量和资质都不专属于某个人……”

镰田老师有些出神。

“人有时也会身不由己，就是这个意思。”镰田老师补充道。

他的话让我感到分外沉重。

夏天到了，我也有了自己的女朋友。

是小猫美美。

我是在散步的时候遇到美美的，当时她正在我的领地里走来走去。一般很少有比我个头还小的猫，所以我也没忍心把她赶走，任她继续留在我的领地上。我想反正过几天她可能自己就走了。

结果，第二天，美美就开始跟着我一起散步。为了避开夏天烈日的暴晒，我们互相为对方遮着太阳。不知不觉间，美美就已经紧紧地贴在了我的身边。

我不喜欢给自己惹麻烦，所以也就什么都没有说。

快到约翰家时，树上的知了突然一齐叫了起来，我心里稍稍有些打怵。

“你知道这是什么声音吗？”美美问我。

“不就是知了叫吗？！”我回答说。

“不对！”美美满脸高兴地否定了我。

“那是什么声音？”

“这个嘛……这是雨即将到来的声音。”

美美俨然一副说出了天大秘密的样子。

“真的假的？”

“不信我们就等等看！”

于是，我和美美一起站在那里，等着雨的到来。

结果，真的下起雨来了。

“我赢啦！所以你得满足我一个要求！”

“我们没有打赌啊！”

“就是我赢了嘛，明天你还要陪我一起玩！”

美美把身体凑过来，我一下子跳开了。

“那……那好吧。”

“就这么说定啦！”

第二天，我又和美美一起散步，然后听到了蝉鸣，然后又下起雨来了。

其实蝉鸣跟下雨没有任何关系，夏天随时来一场雷阵雨并不稀奇。之后，美美每天都会等着我一起去散步。

美美很会撒娇。

有一天，美美带我去了一家老式的木质公寓。

经过其他猫的领地时，我有些紧张，但美美看上去似乎非常镇定。

一个年轻女孩从年久失修的滑窗里探出头来。她没有化妆，短发，不是我喜欢的类型。

“你又来了？！”

她走过来，我急忙躲到停在附近的车底下，美美却毫无惧色地待在原地。

“我介绍一下，这位是丽奈。”

丽奈说了句“等着啊”，就从里面拿出了一些食物。虽然同样是罐头，却跟我平时吃的味道完全不一样。

“给，你们两个一起吃吧！”

美美分给我一半，我战战兢兢地吃起来，这是我第一次吃别人家的饭。这个罐头有点油腻，我从未吃过这样的味道，有点像鸟，又有点像鱼。

回家的路上，我们经过一座大大的铁塔，铁塔上有一只鸟正在筑巢。

“抓住它！”美美盯着那只鸟说道。

“抓它做什么？”

我们已经吃得饱饱的了。

“人家就想抓住它嘛！”

美美使劲儿摇着尾巴，异常兴奋。

“那么高，我够不着！”

“小气鬼！”

美美果然还是个孩子，我决定不去理睬她的无理要求。

“我不理你了！”

说完，美美扭头就走了。我发现我还是喜欢成熟一点的女孩。

又有一天，散步途中，我躺在阴凉处的水泥地上乘凉，这时，美美跑过来跟我闹着玩起来——她总是不分场合地跟我闹着玩。

“哎，卓比！”

“怎么了，美美？”

美美爬到我的身上。我翻了个身。

“我们结婚吧！”

“美美，我跟你说过好多次了，我已经有一个成年女友了！”

我一边想着她的身影，一边说。

“骗人！”

“我没骗你！”我躺在美美的身下，说道。

“那让我见一见！”

“不行！”

因为我是她的猫。

“为什么不行？”

“美美，我记得跟你说过好多次了……这件事情我想在你长大后再告诉你。”

美美现在还是一只小猫。

“小气鬼!”

美美有些焦躁地摇着尾巴。

“你不是也有主人吗? 差不多就是这种感觉……”

“丽奈虽然给我饭吃，但不是我的主人。”

“那你们是什么关系?”

“我也不知道……”

我们就这么闲聊着。

蔚蓝的天空中，从远处升起一团大大的白色积雨云。

今天，知了依旧叫得那么卖力。美美沾湿了前脚在擦脸。不知道从什么时候开始，我们已经能够判断是不是该下雨了。

“我得在下雨之前回去。”

“那你再来玩啊!”美美恋恋不舍地说。

“我还会再来的!”

“一定要来啊，真的要来啊，真的真的要来啊!”

我们就这样依依不舍地重复着这样的对话，结果，当我往家走的时候，天空已经下起雨来了。

美美温顺地目送着我，结果一转头就不知道去哪里了，可能去了那家木质公寓吧。

刚刚还一望无际的晴空，已经被黑压压的乌云笼罩起来。

在雨中，我脑海中闪过一个念头，我的她要是能像美美这样会撒娇，那该多好啊。

今年暑假，我失去了我最好的朋友。

我觉得……还是有一些预兆的。因为我隐藏了自己内心的不安，没有把该说的话说出来，才导致了这样的结局——是我自作自受。

我只是不敢去确认而已。

暑假的一天，卓比一大早就有些怪异，或许是我的情绪影响了它。卓比不停地在屋子里转来转去。

珠希来了，放假前我们就约好了。我们和往常一样闲聊着，聊着聊着没了话题时，珠希突然说：

“我本来就喜欢他……”

我倒吸了一口冷气，我从一开始就应该确认一下的。

“你应该早就察觉了吧，不会看不出来吧?”

我从未听珠希说起过她喜欢信。

我心里一边责怪着珠希，这种事情你不说我怎么知道；一边责怪自己，你怎么连这个都看不出来。

又是这样——我总是比较迟钝，别人能明白的事情我却看不明白，无法理解语言背后的东西，永远只能漂浮在语言之海的表面。

如果我早知道珠希喜欢信的话，事情就不会发展到今天这个地步。

我想告诉珠希我的想法，却不知道该怎么去组织语言，最后只说了句“我和信进展并不顺利”。

珠希用一种可怕的眼神盯着我，我第一次见到珠希露出这样的表情。

我不再说话，卓比知趣地收起肚皮，不安地抬起头看着我。我的胳膊碰到了卓比冰冷的脚掌。

珠希拿起以前借给我的东西，离开了。里面有一台大型食品处理器，借来后还没来得及用。那台食品处理器是珠希在朋友结婚典礼后的二次聚会中玩纸牌赢来的。

看到珠希抱着大箱子离去的身影，我知道，我失去了我最好的朋友。

我每天都会给信打电话，三天后，信终于接电话了。

“我们真正交往过吗？”

我终于说出口了。可能是因为太紧张了，我的声音有些嘶哑，但总算把一直想说的话说出来了。只是确认一下这样一件事情，我却用了这么长的时间。

“我们没有在交往吗？”信反问道。

我第一次感到他真是一个狡猾的人。

“我们分手吧。”我对信说。

“你喜欢上了别人？”信以惯常的口吻问道。

“没有。”

“既然这样的话……”

信跟往常一样，以一种沉稳的、温柔的语调说起来。现在听起来，他所说的话都是那么轻率，那么不可信。他说出的话看上去非常充实，实则并没有什么高深莫测的东西。

“我不想听这些……”

我脱口而出，原来我心里是这样想的呀。之后，我像打开了话匣子般不停地说起来，就像弥补之前的空白一样。

事实上，或许我已经觉察到了珠希是喜欢信的，只是不愿意承认这个现实。

所以，我才始终没敢和信确认我们是不是在交往。因为我们一旦确定了关系，我就等于是背叛了珠希。

我很痛苦，但信似乎非常享受我们的这种关系。

“我不知道你还这么能说呢……”

这是信留给我的最后一句话。

就这样，我失去了我的好朋友，也失去了我的恋人。

夜已经深了，外面传来夜雨敲打阳台的声音。

打完长长的电话，她哭了。

我不知道她为什么哭，我第一次见她这样。

她把脸埋在膝盖里，哭了很久。

我觉得错不在她。

只有我最了解她。

她总是那么善解人意、那么美丽、那么努力地生活。

“卓比……”她流着泪说道。

她蹲在一张倒了的椅子旁边，手里紧紧握着手机，里面传来电话挂断后的单调的声音。

“卓比，你在吗？”

她的手轻轻地碰到了我，她的悲伤让我感到异常痛苦。

街灯清冷的光透过窗帘的缝隙照在我们身上。

我听到了她的呼喊。

“有人吗？ 有人吗？”

我知道，她失去了她最亲密的朋友。

“有人吗？ 救救我！”

她一直在哭。

无边的黑夜里，承载着我们的世界仍然在不停地转动。

夏天终于过去了。

树上的知了发出“看哪看哪看哪”的有趣的叫声。我和美美想要去模仿，结果却怎么也学不像。

只能发出“喵喵”或者“喵呜”的声音。

打从那天开始，她便打不起精神，并毅然剪掉了她的长发。

她将短发染成鲜亮的颜色，非常美丽。

我真希望她的表情也能那么明朗。

白天，趁着她出门的时候，我去拜访了约翰。

最近，我与约翰成了好朋友，并从他那里听到了很多故事。

约翰知道很多我不知道的事情，他的话对我非常有帮助。

刚开始的时候，我觉得约翰总是只顾说自己的而不让别人说话，当我发现他有些耳聋后，我们两个就相处得非常融洽了。

“约翰，我来找你玩了！”

“卓比，你今天还是那么帅！”

约翰跟往常一样待在狗窝里，跟往常一样将头放在前腿上躺在那里，仿佛雕塑一般。

“关于我的女主人，我想填补一下她内心的空隙。”

“卓比，以前我也跟你说过，这基本上是不可能的。”

约翰露出悲伤的神情。

“你和她都不记得了吧？”

“不记得什么？”

“我清楚地记得生命诞生之时，所以我不会感到寂寞。”

“生命的诞生？”

“是啊……卓比你觉得世间为什么会有男有女呢？你之前考虑过这个问题吗？”

世界上有男有女，这是再自然不过的事情，我从来没有思考过这个问题。听到我这样说，约翰出神地叹了一口气。

“世界分男女以前，是没有寂寞的，人人都是幸福的。”

“那现在的人们都不幸福了吗？”

“那倒也不是……”约翰一副陷入沉思的表情，继续说道，“为了延续生命，才出现了两种性别。”

“延续生命？”

“与不分性别时相比，有性别之分后的生命更加坚强了。”

“我不这样认为。”

我想起她哭泣的身影，仍然不觉得生命是坚强的。

“爱的力量，需要他人的力量，因为寂寞才产生的这种力量，使我们变得更加坚强。”

虽然我不能完全理解约翰的话，但我希望她的寂寞和悲伤不要白费。

“我还记得那个没有寂寞的幸福时代，那是一个一体的时代。世界最开始的时候是非常单纯的，慢慢变得复杂，就形成了现在这个样子。你知道吗？ 最开始的时候，世界的构成要素只有几种。经过漫长的时间，星星诞生然后不断消失，在消失和缩小过程中，产生了各种元素。当时产生出来的分子，现在仍然在我们的血液中流淌。细胞中的基因、地面，还有卓比你最喜欢的电车，都还保留着当时的痕迹——这些我都依然记得清清楚楚。”

“我身体里也有星星分解出来的分子吗？”

“是呀，卓比的体内有，你的女主人体内也有。因为你们已经不记得了，所以你们才会那么寂寞。”约翰说道。

那一晚，我一直遥望着夜空看星星。

如果约翰的话是真的，那我们最开始都是一体的。

她走过来，蹲在我的身旁。

听约翰说，每一颗星星发出的光都是和太阳一样的。想着想着，我开始有些眩晕，索性不再去想这些琐事。

我和她一起，目不转睛地凝望着天空中的星星。

远处传来电车驶过高架桥的声音，这是撼动世界的声音。地球这颗星星，载着我们，不停地转动。

四

季节转换，现在已经是冬天了。

我第一次见到雪，却有种似曾相识的感觉。

我呼了一口气，窗户变得朦胧起来。

路边的自动售货机的灯光映在朦胧的窗户上，非常漂亮。

红绿灯、邮筒上都积了一层厚厚的雪，有种脱胎换骨的感觉。

冬天，天亮得晚，她去上班时，外面依然是黑黑的。

头发剪短后，她的头圆圆的，从后面看就像猫的头一样。裹上一件厚厚的外套，看上去就更像猫了。

“我去上班啦！”

她像往常一样，将手放在我的头上，然后打开了重重的铁门。雪的气息伴着冷冷的空气一起吹了进来。

她穿着重重的靴子，走出门去。

门关上了，发出很大的声音，她锁上门，从外侧楼梯走下去。

我想象着她对着细长的手指哈着白气的样子。

她踩在雪上，信步而行，她的上空飘着一些云彩，雪花慢慢地飘落下来。

我在我和她的房间里等着她回来。

不知从什么时候开始，我已经能够一下子跳到桌子上了。桌子上贴着她从杂志上剪下来的圣诞花环。

我把头转向窗外。路上已经满是积雪，黑色的犹如巨人般的铁塔依然屹立在那里。

雪吞没了所有的声响。

但只有她乘坐的电车的声音，依然能够清晰地传到我的耳朵里。

那是让整个世界转动的心跳的声音。

世间万物皆在不停地变幻，我只对这不变的心跳情有独钟。

我不知道能为她做些什么。

我只能守护在她的身旁，过我自己的生活。

第二章　缘分的花朵

一

一个夏日悠长的午后，四周弥漫着香樟的味道。

在一棵枝繁叶茂的大香樟树下，有一个光线不太好的房间，她用散发着松脂气味的油在调着颜料。她面朝白色画布，深吸了一口气，然后闭上了眼睛。

四周是一片安静的住宅区，唯有这座破旧的公寓，即便是在白天也喧嚣不已。

公寓里的人随意弹奏乐器的声音、收音机里传来的体育赛事报道、生锈的铁楼梯发出的咯吱咯吱的声音。另外，公寓里还有一股怪味，一般的猫绝对不愿意到这里来。

我们猫不喜欢刺鼻的气味，也不喜欢怪味，并且最讨厌吵闹的地方。

所以，我待在这里非常踏实，因为这里肯定没有其他猫会欺负我。

而且，我的耳朵不太好用，这些声响对我而言完全不成问题。

公寓四周的院子已经好久没有人打理了。我总是爬到院子里长出的大香樟树的枝丫上，注视着她。

她睁大眼睛，一动不动地盯着白色的画布。

我今年夏初刚刚出生，还不太能够理解人类的行为举止。但我知道，她这样一直盯着白色画布，还是不太正常。

终于，她开始动笔了。

她毫不犹豫地在画布中间画了一条粗粗的黑线。

我浑身有种发麻的感觉。

她的笔触是那样的坚毅有力，以至于我的尾巴都变得僵硬。

她真厉害！虽然个头不大，头发的颜色也怪怪的，但我知道，她很厉害。

太阳落山了，路灯都亮起来了。她一直不停地将颜料涂到白色的画布上，普普通通的一块布，转眼间就成了一道我从未见过的风景。

突然间，她发现了我。

她的眼神是那么的犀利，我仿佛被刺穿了一般，动弹不得。

“美美。”

她这样称呼我。

之前，人们一见到我就“去！去！”地赶我走，或者叫我“小偷”、“这个家伙”。

她没有赶我，而是给我端出了晚饭，油腌的鱼肉罐头非常美味。而且，让我更加高兴的是，我有了自己的名字。

我决定以后就叫“美美”了。

这只小猫和我小学时养的那只猫长得一模一样。

那也是一只小猫，名叫美美，全身长满白毛，特别喜欢撒娇。美美总是在二层橱窗的地方等着我放学回来。每当我在学习桌上铺上白色的画纸画画时，美美总是会爬到上面，在颜料还没有干的地方打个滚儿，雪白的毛发就染成彩色的了。

吃饭的时候，美美总是在餐具柜上发出含混不清的声音，试图加入到我们的对话中，真是可爱极了。

这么说来，美美在的时候，爸爸和妈妈还在一起生活。一家人一起吃早饭，我会把学校发生的事情讲给爸爸妈妈听。我高兴的时候，他们和我一起欢笑；我痛苦的时候，他们也陪我一起难过。

不知道从什么时候开始，我们不再一块儿吃饭了，所以一起聊天的机会也少了。

现在，爸爸和妈妈分别在不同的地方，和他们各自的恋人一起生活。

高中毕业后，我离开家，开始一个人独立生活。爸爸妈妈都不同意，但因为他们两个都活得那么随心所欲，我也想由着自己的性子来。

我租住的公寓又旧又脏，但不用交房租，准确地说是等我赚钱以后再补交即可。这是因为姥姥就是房东。画画很容易把房间弄得又脏又乱，所以，这里反而让我感到更加放松。

我现在正在读一所美术类的专科学校。为了考美术大学，我从高三那年春天就来到这所学校学习，结果没考上，现在处于失学状态。今年我想找一份工作，不想再继续考了。

很多人觉得美术大学只要画画不用学习，相对比较轻松，故将其作为升学的首选，因此，美术大学的竞争非常激烈。报考美术大学，需要掌握一些使自己不至于落榜的技巧。而当我意识到这一点时，已经迟了。

有些人不想为了升学而拼命学习，他们觉得画画相对比较轻松，正是这些人天真的想法，使得像我这样有才华的学生吃了亏。

我知道自己的画画得很好。

但那些美术大学出身、落魄艺术家模样的老师们都不认可我的画，他们整天只知道反复让我们做那些老一套的练习。

就连那只和美美长得很像的猫，都懂得欣赏我的画。

连猫都明白的事情，为什么那些家伙会不懂呢？

说实话，周围没有人比我画得好。

因为我有着超出常人的才华，所以我也甘愿忍受一些不幸。

比如个子矮小，比如染发染得很不成功，比如没考上大学。

一件事情是幸福还是不幸，关键是你怎么去看。父母分居、各自都有婚外情是不幸的，但我却因此得到了双份的零花钱，而且也能在外面自己住而不用交房租。

没考上大学是不幸的，但我却因此发现了自己的兴趣所在，这又是令人高兴的。

我今后将以画画为生。

拿起画笔，灵感不断闪现，慢慢地，我的全部精力都集中在了画上。或许是因为有一只白猫一直在看我作画的缘故，今天画得也非常顺利。

我想谢谢这只猫，于是把我的晚饭——金枪鱼罐头打开给她吃。看着她专心致志吃饭的样子，我想起了美美。美美也很喜欢吃金枪鱼罐头。

那一瞬，我想，要不我收养她吧。

公寓虽然没有规定不准养宠物，但似乎都没人养。住在这里的人，要么贫困，要么潦倒，要么贫困加潦倒，应该没有人能负责任地饲养宠物。

我虽然想收养她，但我买画具还得用钱。一直比较缺钱的我，似乎并没有多余的精力来养一只猫。

她叫丽奈。我之所以知道她的名字，是她告诉我的。

我第一次遇到对一只猫说自己叫什么的人。

她总会让我身上有种怪怪的味道。酒精的味道、颜料的味道、香水的味道、外国调味料的味道，有时还会有一种她不吸的烟的气味。

她情绪非常多变，有时会给我吃的，有时不给。

她不给我吃的时候，大多是她集中精力画画忘记了。这时，我只能向其他的住户，或者从别的地方借一些。公寓后面是一个荒芜的花坛和一个喷水用的水龙头，所以我总是能喝到干净的水。

她给我的食物大多是她当时正在吃的东西，有的非常好吃，有的我再也不想吃第二次了。她心情好的时候，会专门为我打开一罐猫粮罐头。

虽然她会给我准备吃的，却不是我的主人。

“不好意思，我不能收养你。”她第一次见我时，这样对我说道，“因为猫会死去。”

我同意她的观点，猫是一种很快就会死掉的动物。

我浑身长满白毛，兄弟姐妹当中我个头最小，而且耳朵还不太好用。所以有好几次都差点被汽车碾到，或者没有注意到其他接近我的猫而差点丧命。

“但死掉是猫的使命，这是没办法的事情啊……”她笑着说。

美美，可能是她以前养过的猫的名字。如果是这样的话，那我就是美美二代。

丽奈说她自己是一个非常任性的人。

“所以我给你食物也很随意。”

她的确非常任性。有一次，我正在阴凉处的水泥地上睡午觉，她忽然抓住我的脖子，把我整个扔到盆里洗了个澡。

“原来你这么白呀，真是一个大美女！”

我当时死的心都有了，但听到她说我“是个大美女”，情绪又好转起来——我喜欢听她表扬我。

我喜欢她，因为丽奈是那么坚强。

二

阵雨过后，地上形成了大大的水洼，蔚蓝的天空倒映其中。

我走在从学校回家的路上，一边走一边想晚饭吃什么。这时，背后传来一个男孩的声音，是我的同班同学雅人。

“有什么事吗?”我特意停下脚步，问道。

“放暑假时，班里同学要一起去游泳……你要是有空的话。”

这家伙说话总是很客气，叽叽咕咕的没有一点雄心壮志。

“我不去。”

我说完后继续往前走。

“啊，我还在想你会不会不去呢……”

雅人看上去有些遗憾的样子，从我的斜后方客气地跟了上来。

“那先不说这个了。”

为什么不说了?!

“听说你打算不去上绘画课了?”

我点了点头。

“我打算找份工作。”

还没有跟父母商量，但我已经自己决定了。

“这样啊!”雅人有些心不在焉地应道。他接着说，“应试班除了绘画，还有设计什么的……”

“不是因为这个!”

我有些急躁起来。

“那是因为什么?”

“我喜欢画画，但为了应试而去画画实在太无聊了!”

这是我的真心话。

“是啊，我也这样认为。”

雅人表示同意，我却感到有些扫兴。

“但你肯定能考上。”

“哦，哦。”

他的声音里露出高兴的语气，却依然努力地绷着脸。

“那暑假去游泳的事情……”

原来他还没忘记这件事。

“你不用管我，尽管画你的就行。”

不知道为什么，我有些生气。

“成绩不好的人怎么可以随便玩耍随便快活呢?”

“老师不是说了吗？人生体验才是最重要的。”

雅人丝毫没有受到我的影响，继续说道。

“游泳能是什么人生体验啊。”

“或许你会开始一段改变你人生轨迹的恋爱也未可知。”

“无聊!”

经常听到同学中谁和谁好了，谁和谁分手了之类的话。

对他们本人来说可能是件大事，但在旁人看来，有些可笑，又有些司空见惯了。

“你也太倔了!”雅人苦笑着说，“秋季的艺术节你应该会参加的吧?”

艺术节的设计比赛是有年龄限制的，所以也就成了年轻人登上艺术殿堂的门径。从时间上来看，我差不多该着手准备参赛了。

“我想试一下。”

“加油！”

“你也是！”

雅人有些吃惊——难道这家伙不打算参加吗？

到了车站，我们各自回了家。

我是一只被遗弃的猫。

当我还是一只幼猫的时候，妈妈和主人都很疼爱我。妈妈一共生了我们五个，邻居们都来看我们。妈妈因此而劳神不少，而我却兴高采烈地接受着人们的溺爱。

但好景不长，我的四个兄弟姐妹都被人领走了，只剩下我没有人愿意收养。我个头最小，又经常吐奶，而且耳朵还不好使，所以人们以为我没有礼貌。我曾是一只最弱小的猫。

优胜劣汰，这是再自然不过的了。

但在丽奈面前，我想做一只坚强的猫。

所以，我没有住在丽奈的公寓，而是睡在樟树上。樟树上不会有令人讨厌的虫子，也不会有其他猫接近，我过得还是比较惬意的。

我不会只等着丽奈来喂我，而是愿意自己去找食物。这样的话，我会越来越强大。我想让丽奈看到我的强大。

丽奈似乎不止公寓这一个领地。她白天外出，傍晚才回来。她有时会在房间里待到中午，有时一大早出去，很晚才回来，有时甚至不回来。每当此时，我都会非常担心。

有一次，丽奈一连几天都没回来，我很是担心，便出去找她。于是，我遇到了卓比。

卓比和我一样，一身雪白干净的毛。我对他一见钟情。一般的公猫见了我总是马上把身体压过来，让我感到很害怕，但卓比和他们不一样。

“你好。”他只轻松地跟我打了一声招呼。

“这里是你的领地？”

“算是吧。”

我心里吓了一跳，我竟不小心进入了其他猫的领地。

“那你会赶走我吧？”

“我不会欺负一只小猫的。”

“你真绅士。”

我觉得他和别的猫不一样。

“我叫卓比。”他自我介绍道。

“……我叫美美。”

我慢慢靠近卓比，直到能嗅到他的味道，我们彼此互相嗅着对方身上的气味。

我闻到卓比身上有人的气息。

“你被人收养了吧？”

“嗯，我是她的猫。”

“她？”

“我不知道她叫什么名字，我也不想知道。她是我的女朋友。”

“太奇怪了！”

“奇怪吗？”

“连名字都不知道，还说是你的女朋友，就是很奇怪啊。”

我心里略有些嫉妒地说。

“名字只是个符号而已。比如就算我们把猫叫做‘椅子'，猫依然还是猫啊。"

我第一次跟别人聊这些，有种不可思议的感觉。本想再多聊一会儿，这时，我看到丽奈回来了。她手里提着一个白色的大袋子，我看到里面装着那特别的圆圆的东西——猫罐头，又可以美美地吃一顿了！

"我们还能再见面吗？"

"也许能吧。"

"我讨厌也许，我们一定要再见面的！"

虽然我很想吃猫罐头，但我也很想见到卓比。

"那我们就再见面好了。"

"就这么说定了，一定要再见面噢！"

跟卓比约好后，我们就各自回了家。

我跑到丽奈身边，喵喵地叫了几声，丽奈笑了。

"美美，你是闻到罐头的味儿才跑过来的吧？"

我高兴地用后脑勺蹭了蹭丽奈。

我想到卓比也会这样蹭他的女主人，心里有些难过。

那之后，我们几乎每天都会见面，有时还会一起吃丽奈给我准备的食物。

卓比不擅长自己找东西吃，甚至到了一般人会嫌弃他的程度。但是，因为我的父母也不擅长，我反而觉得这样很可爱。我本想向他学习寻找食物的本领，结果也无从学起了。我希望有一天能把自己找来的食物送给丽奈，希望有一天能把猫罐头还给丽奈。

在夏日闷热的天气里画画，突然想拿水管从头上“哗啦”一下浇点水。安在窗边的空调只发出一些噪音，一点儿都不凉快。

那些家伙们现在肯定去游泳了吧……

我使劲晃了晃头，想赶走心里后悔自己没有一起去的情绪。

我要把我的人生献给绘画事业。

过了一会儿，窗外传来熟悉的脚步声。美美来了，今天她还带了客人来。

那是一只和美美长得很像的白猫，脖子上戴着项圈。

既然有人收养了他，那他的主人肯定会给他吃的。

接着，我不由得想到，可能也会有其他人给美美东西吃。于是，我狠了狠心，打开了一罐金枪鱼罐头。

听到我打开罐头的声音，美美已经有些坐不住了，她的样子实在太可爱了！我一端出盛有金枪鱼的盘子，美美便扑了上来。另一只猫也怯怯地啃了一口金枪鱼，露出吃惊的神情。

看着他们吃东西的样子，我烦躁的心情也渐渐平复下来。我决定也吃点儿零食，于是从制冷过度的冰箱里拿出冻得咔嚓咔嚓的哈根达斯。

“衣衫褴褛，心灵高尚。住在破旧的公寓里，但冰激凌还是要吃哈根达斯！”

最近，我经常和美美聊天。美美一边嚼着金枪鱼罐头，一边轻轻瞥了我一眼。

虽然有点像是自言自语，但吃饭的时候，有只猫肯听我说话也还是很高兴的。学校里也没有谈得来的，而且与志不同道不合的家伙们为伴又太没意思了。所以，我总是独自一个人吃饭。

我坐在窗边，望着自己的房间。有三幅画正在创作当中。壁橱的拉门已经拆掉了，里面放着很多已经画好了的画。

沙发床、小型书架，衣柜、嵌入式暖炉、洗碗池、小型冰箱、画具、事先买好的方便面——这就是我的小世界。地毯上满是颜料，底下草席和地板晃晃悠悠咯咯吱吱，隔壁的隔壁的说话声都能听得一清二楚。

房间虽然很小很乱，但我却非常喜欢。

丽奈的眼神里带着热烈的光芒。我喜欢丽奈的自信，也喜欢她充满自信的态度——这是弱小的我无论如何都无法拥有的东西。

丽奈坚定地握着画笔，将颜料一点点涂到画布上。颜料的气味轻轻地飘过来，有趣的是，不同的颜色气味竟也会有细微的差别，

我使劲地"喵"了一声，可惜我的声音实在太小了，丽奈根本听不到。

"怎么了，是不是肚子饿了？"

她终于听到了我的叫声。她的全部精力依旧停留在画

上，顺手给我打开了一罐金枪鱼罐头。

味道有点咸，但我也没什么可抱怨的。

我正全神贯注地吃着罐头，突然感到有东西在盯着我，于是抬起头。

是一只老鹰。猛禽特有的轮廓激发了我的本能，我从窗边掉了下去。

丽奈看到了，捧腹大笑。

“我画得有那么好吗？”

那当然不是一只真的老鹰，而是丽奈作品的一部分。

我仔细看了下，画布上只是随便涂了一些颜料，根本不是老鹰，但当时我的的确确以为那就是老鹰。虽然我从未见过老鹰，但我的本能告诉我那是危险的动物。

丽奈真的很厉害。

我为能待在她的身边而感到自豪。

画画一直画到太阳快要升起的时候，等我醒来，早已是午后了。

我在国道对面的牛肉盖饭店迅速吃完饭，然后回到公寓。

在公寓前，我与隔壁房间的女士擦肩而过。她夜里上班，总是画着很浓的妆。

“丽奈，你家来客人了！”

她操一口地方口音，让人很是舒服。

“啊，知道啦，谢谢您！”

我点头行礼。家里鲜少会有人来，会是谁呢？

不知为何，明知是不可能的，我的脑海中却浮现出了雅人的脸。

在公寓前等我的是一位女士。她的穿着打扮跟平时不一样，所以刚开始我都没有认出来。

“你回来啦！”

原来是专科学校的教务老师。

“咦？美优，你怎么来了？”

听到我这样问，美优有点儿害羞地笑起来。

“我就住这附近，其实我知道不应该擅自到学生家里来的……”

美优非常不好意思地说道，我已经基本上猜到了她为何而来。

“这都是些小事，别放在心上。”

我拿出钥匙打开房门。

“进来吧，不过我的房间又小又乱。”

我一点都没有夸张。早知道她来，我提前整理一下就好了，现在已经来不及了。

看到我的房间，美优惊呆了。不是因为房间的惨状，而是被我的画深深吸引。

“太厉害了……杰作啊！”

美优的反应让我高兴不已，我在心里暗自摆出胜利的手势。

“还不知道什么时候才能画完……”

蜷曲在沙发床上的美美，睁开眼看了看美优。

“美优，你和这个家伙的反应一模一样。”

我挠了挠美美的下巴。

“原来你养猫啊！”

“是我养着她，还是她自己待在这里呢？怎么说呢，反正她每天都会来。”

“她已经很习惯住在你这里了，这就是完全的信任。”

“或许吧。”

我洗了手，刷了刷杯子，给她倒了一杯凉水冲的大麦茶。

“谢谢。我也养了一只猫。”

“是吗?”

“我养的猫和这只小猫一样，雪白雪白的，不过我家那只是公猫。”

我想起了以前和美美一起来过的那只白猫。如果就是他的话，也未免太不可思议了。

“你最近好像没来学校啊。”美优突然切入了正题。

“我没去。”

美优看着我的脸，舒了一口气。

“我想跟你聊一聊，不是以教务的身份，而是从我个人的角度出发。当然，或许我本不应该说什么……到现在为止，我教过很多学生，所以我必须得跟你谈一谈……”

美优说话绕来绕去，我有些不耐烦了。

“有什么话你就直说吧!”

“光画画得好，将来就业是个问题。”

这句话触动了我，“我知道。”

我不由得用近乎苛刻的口吻说道，而我的指尖在颤抖。

“所以，丽奈，你何不再挑战一下美大？”

美优直视着我的眼睛说道。

我内心其实是一直想听到这句话的，但嘴里说出来的却并非我的本心。

“即使美大毕业也好不到哪里去……”

我知道，自己是在强词夺理。

“那是美大毕业生的台词。”

她一句话说得我无言以对。美优说话很温柔，却触动了我的内心。

“太严厉了吧！”

这次我说的是真心话。

“就业也可以考虑，不过一边工作一边画画会很辛苦。”

这种事情不用说我也知道。

“我能行！”

我不服输地答道。因为没有底气，所以声音变得很大。美美被我气势汹汹的样子吓到了，她开始有些躁动。

“要想进入美术界，光有能力是不够的。不管是不是合理，如果不是美大毕业的，别人都不会把你放在眼里。”在我开口说话前，美优接着说，“当然，如果被某个评论家发现，然后将你视为域外艺术家的话，那就另当别论了。”

这些道理我都懂。

“没关系，我的画在哪里都吃得开，而且现在我正在准备参赛的作品！”

美优笑了一声。

“你笑什么?!”

“啊，抱歉。我很羡慕你。我在想，如果我能像你那样自信，我的人生或许就会不一样了。”

她说这话不像是在敷衍和撒谎。

“什么？你是说对男人吗?”

我用话套她，美优明显有些不知所措。

“不是……”

果然被我说中了，她是一个很容易被看穿的人。

“美优你肯定没问题的。你人那么好，你看你还专门来看我，对方一定能感受到你的善解人意！”

“会吗……”

不知为何，现在反过来成了我鼓励美优……这是怎样一番情景啊。

美美打了个哈欠，又在沙发床上蜷成一团。

“你的建议我会考虑的。”

“那就好，另外……”

“我会去学校的，过一阵子……”

“谢谢。”美优笑着说。

那个女孩离开了丽奈的家。从她的身上，我嗅到了卓比的气息。

原来，她就是卓比的女朋友啊。

从那天开始，我就一直有些生气。主要是因为卓比，当然，还有其他原因。

三

美优说让我参加考试。

但夏天都快结束了，我还在犹豫到底是继续升学还是找份工作。

暑假的最后两个星期，学校给我介绍了一个实习的机会，我都已经忘记自己曾经提交过申请。

实习听起来似乎很不错，但基本上就等于是工作。一开始我还想着要不然不去了，但当我知道实习单位是一个有名的设计事务所时，我改变了主意。那里主要负责设计热门电影的徽标和畅销漫画书的装帧等。

设计事务所坐落在一条雅致的街上，很有事务所的味道。那里离我住的公寓稍有些距离。我好久没有过这么有规律的生活了。

第一天果然还是有些紧张。虽然我的工作内容是一些谁都会做的事，比如做会议记录，往信封上贴收件人信息，等等，但能够近距离观察专业设计师的工作，对我而言是很大的收获。

这是我第一次看到专业设计师工作的样子。

大家都很麻利。另外，给我印象最深的，是大家为了一个设计，会做出无数个方案。我虽然只是做一些杂务，但能帮上他们的忙我觉得很高兴。

最让我高兴的要数午餐了。

事务所周边尽是些高档饭馆。每天都会有人轮流请我们去吃高档的午餐。每一家店都是那么美味。

我深深体会到自己平时根本没吃上几顿正经饭，而美味的饭菜能让人充满热情和活力。我原本以为每天只是单调的工作，自己根本提不起干劲儿，现在觉得还是挺有干头的。

我也和美美一样，成功地转型为圈养动物。

设计事务所的人们已经习惯了我们这些实习生的存在，所以，在各个方面都比较照顾我。那个被大家称呼为“领导”的男人对我尤其关心。

他给我的第一印象是“令人讨厌的家伙”，身上喷着香水的男人没几个是正经人，我的爸爸也是如此。他虽然很年轻，但不知什么地方很像爸爸。

据说决定让我来这里实习的也是他。

我当时把自己以前的作品整理成一个文件夹交了上去，他对我大加赞赏。

我们两个一块儿吃午饭的时候，我热情洋溢地讲着我正在画的作品，他一直高兴地听着。

“有机会让我看看你的新作品。”领导一脸无忧无虑地笑着说道。

我也想展示一下自己正在画的画，就是那幅让美美和美优都感到吃惊的画——我想他一定会喜欢的。

“随时欢迎，虽然家里很乱。”我信心满满地回答。

我以为他马上会来，结果工作突然忙起来，甚至忙到有人干脆住在了事务所，所以也就无暇再提及此事。我也从早到晚忙着自己分内的工作。

收工赶在学园祭的前一天，我过得很愉快，可能因为自己不是当事人所以比较轻松的缘故吧。另外，我负责帮他们订盒饭，大家都对我表示感谢，我为自己能帮上他们的忙而感到高兴。现在想来，我以前似乎没做过什么对别人有用的事情。

“辛苦了！”

完工后，大家一起举杯庆祝。我尚未成年，所以只有我喝的是可乐。毕竟是学校介绍我来的，我决定老老实实地只喝可乐。

领导还记得他说过要来看我的画。我本以为工作这么忙他肯定早就忘记了，见他记着，心里很是高兴，于是我们互相交换了电话号码。

“那个人就喜欢年轻的女孩子，你要小心哪！”

餐后，一个女设计师在洗手间轻声对我说道。

这就是女人的嫉妒心理吧！

但后来我发现，我想错了。

夏天接近尾声，我的身体开始发生变化，我从一只小猫变成了一只母猫。

我无法抑制地想和卓比生一个孩子，于是决定坦诚地告诉他我的想法。

“我们结婚吧。”

“美美，我记得跟你说过好多次了，我已经有女朋友了！”

又来了。我想亲自确认一下，卓比口中的女朋友是不是就是前些天来过丽奈家的那个女孩，他的所谓的女朋友到底有多厉害。

“那你让我见一见。”

“不行。”

“为什么？”

“美美，我跟你说过好多遍了……这种事情应该等你长大后再告诉你。”

我悲伤极了，我的胡须、耳朵和尾巴都低垂下来。

把人类作为自己的女朋友，傻不傻啊——你就等着打一辈子光棍儿吧！

我心里别别扭扭的，使劲儿迈着步子朝丽奈的画室走去。

我跟往常一样爬上樟树，向丽奈的房间里张望，结果发现丽奈正在打电话。

“没那回事……”

房间里传来丽奈献媚的声音，平时丽奈绝对不会发出这样的声音。

丽奈不应该是这个样子，我希望她能够更加坚强和坚定，不献媚于任何人。

不知为何，我生气极了，内心变得有些残忍。现在的我，不管是什么猎物应该都能抓得到。

那个时候的我有点不太对劲儿。

我心血来潮，决定去远一些的地方散散步。我飞快地穿过不熟悉的灌木丛和土墙。从未到过的地方，不曾嗅过的空气，换作平时，我肯定会感到害怕，今天却毫不畏惧。

结果，我一不小心闯进了其他猫的领地。

四周充斥着危险的气氛。

等我意识到这一点时，已经来不及了。一只目光犀利的公猫拦住了我的去路，那是只野猫，身体却很壮硕。能找到那么多食物，就足以说明他有多么厉害了。

黑白斑纹的皮毛，侧腹处有一个很大的伤疤，耸立着的尾巴尖向旁边弯着。

钩尾巴——我暗自给它取了个名字。

钩尾巴以一种评估式的眼神审视着我。

他的眼神似乎在警告我，如果再往前一步就对我不客气了。

“帮我抓住它！”

我很吃惊我的声音竟会变得如此甜美。

“抓什么？”钩尾巴莫名其妙地问道。

一只长尾巴的鸟正在停车场的碎石上啄着什么。

钩尾巴只瞥了一眼，就不动声色地开始行动了。他从墙上渐渐逼近那只鸟，放松了一下肌肉，然后一口气跳了下去，准确地咬住了鸟的脖子。鸟扑棱着翅膀，拼命挣扎着想要逃走。

“太厉害了！”

我只能这么说，因为实在太精彩了，我浑身的毛都竖了起来。

鸟在钩尾巴的口中很快停止了呼吸，钩尾巴把已经不再动弹的猎物丢到我的面前。

“没什么大不了的，因为天一黑，鸟就什么都看不见了。”

他俨然像父母教育孩子那样说道。我这才意识到，钩尾巴年纪已经不小了。

“我叫美美，你呢？”

“我没有名字。”

“那我可不可以叫你钩尾巴？”

“随你。”

钩尾巴转过身去走了，我紧跟在他的身后。

我感叹道，我果然是只猫啊——猫的本能促使我不得不这么做。

那一晚，我和钩尾巴睡在了一起。

夏天马上就要过去了。

第二天，我仍然与卓比见了面，但他完全没有察觉到我身上的变化。

我和卓比又试着去模仿那奇怪的知了的叫声，仍然学不像，于是我们两个一起大笑。

以前每次见面，我都会问卓比我们结婚好不好，但今天，我没有再说这句话，便和卓比分开了。

我也没有再跟卓比约定明天再见，但卓比什么都没说，就回了他女朋友的家。

看到卓比的反应，我的尾巴垂了下来。

这些天，丽奈表现出少有的兴致勃勃，根本无暇顾及我的感受。

我每天都带着无法排解的忧思，沉沉睡去。

“我的工作有眉目了。”丽奈高兴地说道。

“就是我实习时去的那家设计事务所，那里的领导相中了我！”

“我一直就觉得自己很有才华。”

“那里工作好像挺忙的，但我觉得还不错！”

丽奈表现出不可动摇的自信，让我觉得她是那么的光彩夺目。

听了丽奈的话，我忽然意识到了人类与猫的不同。每只猫都有自己的领地，虽然有大有小，但每个领地里只有一只猫。

人类却不同。一个领地里会有很多人。他们看起来相处得很融洽，但那只是表象，控制这一领地的实际上只有一个人。

丽奈他们这些从事绘画行业的人一直在这个小小的领地里拼搏，他们努力超过其他人，只有最优秀的人才能笑到最后。

丽奈实力超群，她从来没有输过。

人类的领地还有一个奇怪的地方，那就是——时间久了，他们都不得不去抢夺别人的领地。

以前，不管哪个领地界限都不是很明显，但近来，只剩下一些很小的领地，而且，只能容得下一两个人的领地，却有无数个人在竞争。

不过我坚信丽奈肯定没问题的，她是那么的坚强，又充满自信，绝不可能输。

四

天空渐渐刮起了凉风，秋天来了。

丽奈公寓周围恣意生长的树木也开始染上颜色。虽然香樟树叶还郁郁葱葱，不过它那圆圆的果实已经开始成熟了。

踏着金黄和棕色的落叶，我尽情感受着秋天的气息。

我的个头儿长大了许多。

以前能轻松通过的地方，现在却经常被卡住。丽奈也经常拿这件事取笑我。

秋季巨大的台风来了。

狂风暴雨似乎要把一切都卷走。

就在那一天，丽奈把我抱进了她那破旧的公寓，陪我度过了整个夜晚。

那个夜晚让我回想起自己小时候经历的那种恐惧，公寓里到处都嘎吱嘎吱作响，不时有东西敲打着滑窗。

但丽奈却丝毫未受影响，一直聚精会神地作画。

我彻夜未眠。早上看到湛蓝的天空，我本能地意识到有些事情已经彻底改变了。

告知我钩尾巴死讯的，是一只酒桶一样圆滚滚的大肥猫。

大肥猫自报家门说他叫老黑。

“你和那家伙好像挺熟的啊！”

“哪个家伙？”

“就是那个尾巴弯弯的家伙，你们应该认识吧。”

“钩尾巴？”

“你以前就是这么叫他的吗？那准是你没错儿了。那家伙挺喜欢这个名字的，野猫一般很少能有自己的名字。”老黑沉默了一会儿说，“那家伙死了。”

“这样啊……”

钩尾巴死了，我平静地接受了这个事实。

“你不吃惊？”

“我早就有这种预感。”

环境变化这么大，我一直预感肯定会发生点什么。

“那家伙的领地就归你了。”

“哎？”

老黑的这句话反而让我吃了一惊。

“为什么？不是应该由其他猫来争夺吗？”

“这条街上一直都是这样。”老黑说道，好像这是理所当然的。

“信儿我送到了啊！”

老黑说完就离开了。

“那……谢谢你了。”

我本来是要谢谢他给我送信，可老黑好像误解了我的话。

“又不是我决定的，要谢就谢约翰吧。”

“约翰？”

“是只狗。”

说完，老黑一溜烟儿不见了，完全不像是一只胖猫。

我没有特别的悲伤，只是困得不行，在丽奈的公寓里睡了很久。

丽奈经常不在家。

过了一段时间，老黑又来了。

“别忘了去巡视你的领地。”

他只说了这么一句就走了。

我在钩尾巴的领地里溜达着。锈迹斑斑的制锡工厂，几近干涸、满是垃圾的水渠，还有被废气熏得漆黑的水泥墙。

这里一番凄凉的景象，原来钩尾巴一直生活在这样凄凉的环境中啊。

空荡荡的停车场的角落里，开着一朵浅桃色的大波斯菊。

我敢肯定，钩尾巴就是在这里死去的。

铺天盖地的悲伤包围了我。

此刻，真希望丽奈能安慰一下我。

但又觉得自己不能去见丽奈。

我其实很脆弱。虽然个头变大了，但心理依旧很不成熟。如果让丽奈知道我是如此的软弱和一无是处，她说不定就不要我了，就像我的第一个主人那样。

丽奈今天又不在家，好像去实习去了，这正合我意。

我躺在丽奈房间的屋檐下，嗅着颜料的味道，睡了个天昏地暗。

汽车的声响把我惊醒，天已经完全黑了下来。

我听到丽奈在房间里说话。太好了，我正好饿了，于是开始咯吱咯吱地挠着滑窗。每当这个时候，丽奈都会马上打开窗户。

但今天，丽奈并没有探出头来。

这个家伙对我的画丝毫不感兴趣，而是一直盯着我的身体。

他和美优完全不同，我的画他瞥都没瞥一眼。

现在想来，可能从一开始就是这样，只是我不愿意承认而已，我希望别人认可我的才华。

领导开车把我送回了家。一路上，他一直心不在焉地说着一些话，而我却津津有味地听着。

我真是个十足的傻瓜。

而现在，我却被按倒在了沙发床上。

他身上的香水味让我想吐。

我从未想过要和他发生点什么。

这个家伙的想法却暴露无遗，从表面看反而好像是我勾引的他。

“那个人就喜欢年轻的女孩子，你要小心哪!”

我现在终于明白，那个女设计师是在真心地提醒我。

这也是我的工作。如果顺从的话，或许工作的事情就定下来了——这也是一种人与人交往的技巧吧。

要不我就从了他?

这个念头一闪即逝，我的心底突然冒出一股强烈的愤怒。

虽然只是一瞬，我也无法原谅自己竟会有这样的想法，我欺骗不了自己。

那家伙的手蠢蠢欲动，开始在我的身上摸来摸去，我很害怕，又觉得很丢脸，我只能任人摆布。

“你好可爱!”

他的话让我感到恶心，我浑身起了一层鸡皮疙瘩。

“住手!”

他的手并没有停下来。

“别碰我!”

大喊一声之后，我开始能动了。我顺手抄起身边的东西，狠狠地朝他的脸砸去——原来是他穿来的夹克。

趁他吃惊的间隙，我正准备从沙发床上起来，又被他从背后按倒了。

“我说了你别碰我!”

说着，我一扭身，用胳膊肘狠狠地顶住他的胸口。

顶得很准，准到不能再准了。

那家伙从沙发床上滚落下去，撞倒了旁边堆着的书和画布。

“丽奈，你来真的啊?”

他很不高兴，脸上露出轻浮的笑，不过我已经不害怕了。

“滚出去!”

我顺手抄起身边的杂志朝他劈头盖脸地砸去。

“你好像误会我了……我们谈一谈怎么样?”

我决不会再被他的笑容欺骗！想到自己竟然有过想要接受这种人的想法，我觉得很丢脸。

我看到了放画布的三角画架，于是拿起画架上掉下来的一根腿儿。

看到这个架势，他后退几步，夺门而去。

我手里紧握着画架腿儿，瘫倒在地。

房间的门开了，我立刻警惕起来，以为那个家伙又回来了，结果是隔壁的大姐。

“你没事儿吧，丽奈？”

她的脸上化着浓浓的妆，让人觉得那么可靠，看到她，我差点哭出来。

看到眼泪汪汪的自己，我怒火中烧。

这个王八蛋，我也不是好惹的！

“你站住！”

我穿着凉鞋追了出去。

那家伙正在车前吸烟，他好像很喜欢这辆法国还是哪里产的车。他的姿势让人觉得恶心。

他用那张阴柔的脸瞥了我一眼，可能是以为我又想通了。

“你给我等着！”

他看到我的架势，连忙钻进车里。

我上去狠狠地踹了车门一脚。车门发出凄惨的响声，上面凹进去一个大坑。

住在公寓里的人听到嘈杂声都跟了出来。

那个家伙加大油门，一溜烟儿地跑了。车开得一定很慌乱吧，公路上响起了此起彼伏的车喇叭声。

“丽奈，好样的！”

隔壁大姐说道，她的说话方式仿佛歌舞伎中的吆喝声。

四周一边唏嘘，甚至还有人鼓起掌来。

“有什么好看的！”

我大喊一声，回到了房间。

房间里还有那个男人的气息。我既生他的气，也生自己的气——我恨自己太糊涂。

想换换房间里的空气，于是我打开了窗。

美美跳了进来。她默默地靠在我的身旁。她是那么的温暖，对我来说这是一种最好的安慰。

“美美，今天留下来陪我好吗？”

那一夜，我和美美相互依偎着进入梦乡。

我想让自己冷静一下，什么都不去想。

季节更替，冬天马上就要到了。丽奈一直忙于其他事情，很少在画室作画。

她经常看看书、酿点果酒、做点手工什么的。丽奈是一个闲不住的人，她手上一直没停下来，只是没怎么画画。

丽奈拿出了被炉，于是我经常蜷缩在里面取暖。不知为何，我总是困得不行。

进入第二个学期。

由于我旷课太多，已经跟不上课程进度，而实习也因为时间不够，没能交上像样的作业。在休息的这段时间，我根本没有想过作业的事儿。

上课时我睡着了，老师让我滚出教室，我照做了。

我正在学校前面喝罐装果汁，美优走了过来。感觉好久没有见到她了。

“来上课了啊。”

美优拿着她买的罐装咖啡和我的罐装果汁碰了一下。

“因为想你啊。”

美优笑了，但我说的都是真心话。

之前和领导之间发生的事，我已经用邮件告诉了设计事务所里所有我认识的人，不过从来没跟学校提过这件事，不知道美优有没有听说。

“你不参加这次比赛啊？”

美优一说，我才想起来，不过早已过了截止日期。

“咱们学校只有雅人君自己参加了，就是和你同班的那个雅人。”

他参加了啊。

“他在夏初的大赛中就曾获过奖，据说还因此在担任评委的桐谷老师那里参加了研修。”

这家伙什么时候这么有出息了……

“是吗，他还挺厉害的。”

我心里真的是这样想的，可是，自己却笑得很勉强。

“所以，丽奈你也要加油啊！”

美优没什么恶意，可她的话却刺痛了我。

“嗯。”我长舒了一口气。

“我终于明白了。一直以为自己很有才华，被那些大叔们表扬来表扬去，结果就信以为真了。其实，我还差得远呢！”

美优没有说话，只是静静地听着。

“你就是个黄毛丫头！”

忽然背后传来粗犷的说话声，我转过头。

“镰田老师。”

原来是我们学校的代课老师，他手里握着个烟盒。

“别打扰人家说话嘛！”

我瞪着老师头上那稀疏的头发，真想上前给他揪下来。自己的这个坏毛病，我自己最清楚。

“不过，自己能认识到这一点，还是有前途的！”

镰田老师说完就急匆匆地向吸烟室走去。

镰田老师的话对我来说或许是最大的鼓励，不过我的心情并没有因此而好转。

雅人那家伙一直在努力，而我却什么都没做。

丽奈在那里闲躺着，我轻轻地来到她的身边。

“我输了……何止是输了，我连和他比赛的资格都没有，我根本就没提交任何作品……”

丽奈抚摸着我。

“我该怎么办呢，美美。我除了画画什么都不会……之前我总觉得别人不如我，说他们没天分、‘干脆放弃算了’，结果现在这些话都应验在了自己身上……”

丽奈有些颤抖。

“谁来救救我，我讨厌死我自己了！”

我用舌头接住了流过丽奈脸颊的泪滴。很温暖，我嗅到了丽奈生命的味道。

丽奈失去了平日的自信，我久违地想起了卓比……

五

隔了好久，我和卓比终于又见面了。卓比比我想象中要小一些，也可能是我长大了。

我感到有些陌生，而卓比却待我像每天都见面的老朋友一样。

“没事的，美美，没事的。”

卓比一直重复着这句话。

“你怎么知道没事？”

不知为何，在卓比面前，自己说话总会带有撒娇的语气。

“虽然没有人会一直坚强，但也没有人会一直脆弱。”

“另外，恭喜你了！”

卓比看着我隆起的肚子说道。

我怀孕了，是钩尾巴的孩子。

我先卓比一步成了成年人。

以前，我总是对卓比的话深信不疑，可现在我却做不到了，我的心里很不安。

我开始为分娩做准备。我还是我，可不再孤零零的一个人。我很柔弱，一直在为即将到来的分娩积蓄力量。

我的内心同时存在着两种力量——与所有伤害我的孩子的力量做斗争的勇气，和对自己身体即将发生的变化产生的恐惧。两种力量交织在一起，我越来越看不懂自己。

不过，只有一件事是不可动摇的。

那就是，自己决不能给丽奈添麻烦。

丽奈现在状态很不好，我不想在她脆弱的时候再让她担心。

随着分娩日期的临近，我本能地在做着各种准备，所有应该做的事情本能都会告诉我。

我藏在公寓的公用库房里，将四处找来的破布塞在滑雪板和纸箱堆的缝隙中，做成了床。冬天的寒冷消耗了我不少体力。

阵痛开始后，我发觉自己的体力支撑不到分娩结束。

我个头小，耳朵聋，又弱不禁风。虽说自己成了母亲，但这一切都不会改变。

第一个宝宝降生了，我弄破裹在宝宝身上的黏膜，使宝宝可以呼吸。当我听到宝宝细声细气的叫声时，我觉得再没有比此刻更幸福的了——活着真好！

"……美美……"

我听到了钩尾巴的声音。

虽然现在是关键时期，但因为我耳朵不好，所以没有听清他在说什么。

"钩尾巴，你说什么？"

我用力靠近他所在的地方。不知不觉间，四周开满了浅桃色的大波斯菊，散发着一股香气。

钩尾巴离我越来越远。

"等等我……"

这时一阵剧烈的疼痛袭来。

"哎哟！"

不知是谁咬住了我的尾巴。钩尾巴不见了，大波斯菊也消失了，只剩下昏暗的库房。

原来是卓比。

"你怎么在这儿？"

他闯进了我的领地，我有些生气地说。

"我去叫你的主人。"卓比冷静地说道。

"你少管闲事！"

我很生气，浑身的毛都竖了起来。

“可是这样下去，你会很危险的！”

卓比无视我的警告，消失在漫天飞雪中。

我最终还是没能变得强大。

剧痛难忍，我已经分不清是分娩的阵痛，还是内心的疼痛。

我现在这个样子，丽奈肯定不会来救我的。

这几天一直没见到美美，可能连美美都要抛弃我了。

害我白白准备好了猫粮罐头等着它。

窗外掠过了一个白色的身影。

美美？

我打开窗户，看到一只戴着项圈的白猫。我好像在哪儿见过它，就是美美以前领回来的那只猫。

这只猫像是在召唤我一样跑走了。

我心里有些不安，于是跟上前去。

他把我领到了公寓的公用库房里，在那里，我看到了刚出生不久、发出微弱叫声的小猫咪和浑身是血的美美。

"怎、怎么办啊……"

我不知该如何是好，但我知道自己必须得做点什么，于是挨个儿给朋友打电话。

最先接我电话的是雅人。

"我马上到!"

雅人打出租车飞奔到了我的身边。

六

春天终于来了。

丽奈的画室里满是我的小猫咪。

那个叫雅人的男孩把我和丽奈带到了医院，其他几个小猫咪都是在医院出生的。我的肚子上还有当时留下的伤疤。虽然不太美观，不过和钩尾巴很般配。

丽奈一直盯着我的小猫咪们。

你绝对不能扔掉他们，我决不允许你这么做!

"美美，干吗这么凶啊？ 我会给他们几个找到合适的主人的。"

丽奈开始挨个打电话，正如她说的，决定收养小猫咪的都是一些好人，我都挨个确认过的。如果碰上我不中意的人，我就把小猫咪们藏起来。

每当看到丽奈给我和我的五个孩子画的画，我就会想他们过得好不好呢。

另外，还有一个变化。我生完孩子并把他们抚养长大后，就彻底地住在了丽奈的房间里。

丽奈收养了我。

于是，我成了她的猫。

第三章　假寐与天空

一

和麻里大吵了一架。

她是我最好的朋友，我们从小学开始就一直在一起。

我和麻里是小学四年级的时候认识的。她生过一场大病，休学一年，所以比我大一岁，不过年龄的差距丝毫没有影响我俩之间的友谊。

“第一眼见到小葵你的时候，我就觉得这个人简直和我太像了。”

后来麻里告诉我说。我特别高兴，因为我也是那样想的。

我和麻里在学校一起学习，在家一起玩，很快就好得像一家人一样了。

我是个独生女，一直把麻里当作自己的亲姐妹看待。或许，即便我真的有姐姐或妹妹，可能也没有我和麻里这么亲吧。

可能是我们整天待在一起的缘故，我俩的穿着、性格也越来越像，甚至连父母和老师都有分不清谁是谁的时候——我们俩是心灵相通的姐妹。

我们喜欢同一门功课（手工），喜欢同样的数字，还喜欢同一档电视节目，喜欢同一个歌手。有时我心里正哼着一首歌，结果发现麻里唱着的也正是这首歌，真是不可思议。每当这时，我们就会夸张地看着对方大笑："这么小众的歌也会唱啊！"

就连我们喜欢的男孩子也是同一个人。

但我们的关系并没有因此而闹僵，因为我们喜欢的其实是漫画中的一个人。

我们俩曾经十分认真地分析过那个男孩的优点。每当我说自己想和他到什么地方去玩、想和他过怎样的生活时，麻里总会为我们设计台词，说那时他一定会如何如何回答我。

我和麻里在我俩编织的世界中愉快地度过了我们的青春期。

我俩都很喜欢画画，我们还曾经一起将漫画中的人物画出来，以粉丝来信的方式寄给了漫画的作者。当我们收到作者寄来的贺年卡（而且是每人一张）时，高兴得跳了起来！

刚开始画漫画只不过是为了向漫画作者和父母炫耀，后来慢慢地也开始想画一些像样的东西。渐渐地，我们不再去画别人的漫画，而是开始自己创作一些人物形象。

不知不觉中，我们俩开始合作创作漫画，麻里负责构思故事情节，我负责画画。

麻里比我还了解我想画什么。

当时有一些专门面向自制漫画的书市，我们还曾经将自己画好的漫画到便利店复印，然后用钉书机装订成册，拿到书市上去卖呢。

虽然根本没人买，但我们还是非常高兴。

当然，毕业后我们找到了不同的工作，但麻里仍然每天来我家，我们在我的房间里讨论漫画，聊聊各自的工作。

我们不再像以前一样去便利店复印我们的漫画，而是开始找印刷厂给我们少量制作，销量也慢慢地上来了。

这时，一群出版社的人在书市找到了我们——那是一家非常有名的漫画杂志社。

终于有人找我们创作漫画了！

我和麻里非常高兴，就像当年第一次从漫画作家那儿收到回信一样。

但现在想来，正是因为杂志社的邀请，才导致了我们之间友谊的破裂。

虽然杂志社给了我们创作漫画的机会，但我们的漫画却永远无法完成了。

事情发生在一个炸鸡店里，我和麻里面对面坐着。

“对不起啊，小葵。”

麻里向我道歉。

我没有作声，指尖上油乎乎的，满脸不高兴地继续吃着饭。

麻里构思不出新的故事了。到了该交给我的时候她没有写完，到了杂志社规定的交稿时间，她仍然没有写出来。

没有麻里写的故事，我什么也画不了。

在此之前，麻里的故事是为我而写的，而现在却不得不为那些素未谋面的读者们写故事。

我觉得既然能为我写，就一定可以为其他任何人写，现在她却说写不出来了——这纯粹是偷懒。

还说什么身体不好，肯定都是借口。我当时这样想。

当时的我只顾担心那来之不易的好机会从自己手中溜走，完全没有考虑麻里的感受。

看到磨磨唧唧找借口的麻里，我生平第一次对她发了火。

“你怎么不去死啊！”

我说得特别过分。

麻里什么也没说，但我永远无法忘记当时她那煞白的脸。

第二天，那句话应验了。

又到了一年之中最寒冷、最难熬的季节。食物越来越少，我已经无法获得足够的营养和热量，而寒风却毫不留情地消耗着我的体力。

身体瘦弱的猫是熬不过冬天的。

老黑已经扛过了不知多少个这样的冬季。

他被厚实的皮毛包裹着，走起路来身上的脂肪摇摇晃晃，虽然不太美观，却也使他免受寒冷之苦。

老黑已经不记得自己皮毛的本来面目。现在他的身上，混杂着黑色到褐色之间所有的颜色。

到了这样的冷天，老黑也懒得去巡视他的领地了。

“我也老了啊……”

他低声感慨，却没有人肯听他说话。自从钩尾巴死后，老黑就成了这一带最强悍的野猫，再也没有哪只猫能和他抗衡。

高处不胜寒。其他的猫很少接近老黑。偶尔出现一个敢向他挑战的，最终也是被他彻底打败，落荒而逃。

老黑的脸上伤痕累累，但是屁股和尾巴却和家养的猫一样光滑——他从来没有被打败过。

老黑的领地很大。此外，他还要巡视其他猫的领地。这是约翰的嘱托，约翰有恩于老黑。

老黑没有固定的吃饭和睡觉的地方，他把整条街当做自己的家。

“午饭吃点什么呢……”

老黑的脑子里有各种各样的食谱。喜欢猫的那个姥姥放在公园里的猫粮罐头、可以随意出入的中华料理店、意大利餐厅后面的垃圾桶，等等。

好久没吃猫粮了，今天就去那里吧。

决定好后，老黑出发了。

过了车站，道路变得宽敞起来，高层建筑也越来越少。穿过树叶已经落光的树林，就到了神社。

神社后面是建好待售的住宅区，一排排、一行行，样子一模一样。无论从哪个拐角处拐弯，无论走哪条道，周围的样子都一模一样，让人不禁有点头晕。老黑想：怪不得其他猫都不来这里呢。

老黑要去的正是这些住宅中的一座。

说起来，上次来的时候还是夏天呢，已经这么久没来了。老黑平时要看着那些相互争抢领地的猫，于是来这里的次数也就少了。

上次来的时候，草坪还是绿绿的，现在已经完全枯萎了。不过，就触感而言，还是现在的更有意境。

在枯萎的草坪上玩够之后，老黑跳上房与房之间的砖墙，然后又跳到了与车棚相连的塑料屋顶，并从那里爬到了二层的阳台上。

阳台上横七竖八地堆放着空花盆、生锈的树枝剪刀和园艺用具等，在一盆蔫了的多肉植物和空调室外机之间，放着一个小铝盆。

老黑跳到空调室外机上，本想瞅一瞅房间里的情况，结果大花朵纹样的窗帘紧闭着。老黑把身体贴在窗户上，窗玻璃冷冰冰的。

"喵喵——"

老黑撒娇似的叫道。要是被其他猫听见了，他这个大王的脸可就丢尽了，不过别的猫应该不会到这儿来。

窗玻璃上留下了猫爪子的痕迹，窗框的旮旯里也积满了灰尘，看来已经好久没有开过窗了，阳台上的植物也完全没人打理的样子。

"不在家……？"

以前来的时候，总是两个女孩在家，她们每次都会给它准备好吃的……

乌鸦“呱——呱——”地叫着，像是在嘲笑老黑，老黑很生气。铝盆里积满了脏脏的雨水，看来没有其他猫来过。

老黑尽情地打了个大喷嚏，然后恋恋不舍地等了半天，结果也没有等到她俩出来。好不容易来一趟，却扑了个空。

“老子也挺忙的！”

因为要巡视下一个领地，老黑饿着肚子出发了。

乌鸦嘈杂的叫声把我从睡梦中吵醒。

房间里暖和起来，隔着大花朵纹样的厚窗帘就能感受到外面太阳的温度。

我有点儿搞不清楚现在是早晨还是夜里。穿衣镜中映出自己从床上爬起的样子，这身皱巴巴的睡衣已经穿了好多天，头发也乱糟糟的。父母已经去上班了，家里一片寂静。

虽然什么都没干，却饿坏了。我下楼来到一层，向厨房走去。

饭桌上放着一块用保鲜膜包着的三明治，但看着没什么食欲，于是我打开冰箱，里面有一盒巧克力泡芙指形点心。

吃第一口还感觉挺好吃的，但太甜了，吃得我很不舒服，结果扔掉了一大半。

外面的乌鸦还在“呱——呱——”地叫个不停，而且数量好像越来越多。它们应该是成群结队地在垃圾堆中寻找食物吧。不知是谁恰巧扔了垃圾，我没有力气出去，我已经好久没有出去过了。

拖着虚弱的身体，我回到了楼上。

然后一头倒在床上，从头到脚用毛毯裹住，像胎儿一样蜷缩成一团睡着了。

“丁零——”我听到了小铃铛的响声。

小学时候的麻里出现在我的房间里。

她的手腕上戴着一条彩色丝线编成的手链，上面系着一个小铃铛，记得好像叫幸运链。当时流行用刺绣丝线编成手链戴在手上，麻里编得特别好，而我却很笨拙。但麻里却一直戴着我送给她的手链。据说手链断开，愿望就会实现。

“麻里，真对不起!”

我紧握着麻里的小手，向她道歉。“丁零——丁零——”小铃铛响个不停。

“小葵，没关系，那也是没办法的事儿。”

麻里温柔地微笑着。

我松了一口气，忽然想喝点东西。画面突然转换到我第一次供职的公司的茶水间，我的手上端着一个杯子。

茶水间里黑乎乎的，我知道里面一定隐藏着什么东西，但我却无法从茶水间走出来。

“小葵!”

麻里来救我了。

“别管我！你快跑!”

弱小的麻里冲进了黑暗的茶水间，我怕极了，于是逃了出来。

我抛弃了麻里。

忽然我又来到了一个干涸的游泳池。游泳池的底部铺满了浴室中常见的细碎瓷砖，污水横流，四处散落着垃圾袋，一些厨余垃圾从垃圾袋的破洞中不断冒出。

正因为我抛弃了麻里，所以才会来到这种地方的。

“对不起，麻里……”

“丁零——”小铃铛又响了。

“小葵——”

我看到麻里正坐在跳台上。

“小葵，你逃走是对的，没关系的。”

麻里朝我莞尔一笑说道。

“麻里……”

麻里原谅了我。我觉得自己得到了救赎，同时又觉得这一切都是假的。我知道，这不是麻里的真心话，这是我为了保护自己才做的梦。

游泳池底落着一张湿漉漉的报纸，它就像有生命一样不停地动着，发出沙沙的响声。

报纸里传出乌鸦的叫声，我醒了。

窗外传来阵阵乌鸦的叫声。

我在梦中见到了麻里。

麻里已经不在这个世上了。

“你怎么不去死！”

就在我说出这句话的第二天，麻里因为急性心力衰竭离开了人世。

手机响了，麻里的妈妈用麻里的手机告诉了我发生的一切。急性心力衰竭既不是病名也不是真正的原因，据说只不过是被发现时心脏停止了跳动。

麻里的心脏本来就不好。

我知道，麻里肯定是被我害死的。

接到电话，我马上就想赶去麻里家，但刚跨出家门一步，心脏就像炸了一样，呼吸困难，眼前一片漆黑，就像得了贫血一样，再也站不起来。

我得了一种常见的心理疾病，病名是什么也无所谓了。

打那以后，我再也无法迈出家门一步。

我在被炉桌上向前探着身子，妈妈也从被炉的被子里慢腾腾地钻出来，一轱辘躺在了被子上。

在被炉边烤热了就到外面的被子上凉快一下，等凉快了之后再钻到被子底下的被炉边暖和一下——妈妈说这样特别舒服。

“妈妈，快看我！”

我招呼躺在被子上的妈妈。

“在看呢，曲奇！”

妈妈忽地竖起胡子和耳朵盯着我。

我是妈妈的孩子，名字叫曲奇。我白色的皮毛上布满了巧克力色的条纹，样子像极了大理石曲奇饼干，所以丽奈给我取了这个名字。虽然我不知道曲奇是什么，不过我想应该是一种极好的东西吧。

“我要跳了啊。”

嘴上虽然这么说，但真要跳的时候还是需要心理准备的。我在桌子上走来走去，一会儿探出头看看，一会儿又缩回去。经过几次试探，终于鼓起了勇气。

我用尽全身的力气，噌地一下跳了下去。

“扑哧——”我跳到了被子上，落到了妈妈的身旁。

“噢，我成功啦！太好玩了！！”妈妈也很高兴。

“曲奇，你真不简单，真棒！”

妈妈一把搂住了我，把我从头到脚舔了个遍。妈妈帮我梳理毛发时，痒痒的，特别舒服。我的喉咙里发出了咕噜咕噜的声音。

“我将来要从更高的地方跳下来！”我把脖子靠在妈妈身上边蹭边说。

“我肯定可以的！”

“不管是天花板还是屋顶，我都能跳下来！”

无论多么高的地方，我都敢跳。

这个房间里到处都是可以练习跳跃的地方。丽奈的画具、杂志堆、开着的抽屉，接下来我要和妈妈一起逐个征服。

“嗯，好。”

妈妈又开始舔舐我。

我有四个兄弟姐妹，他们都被别人领养了。丽奈的房间里只剩下我自己，我个头最小，而且总爱生病，所以没人愿意收养我。虽然被人嫌弃是件令人伤心的事情，但能和妈妈一直在一起，我觉得非常开心。

我正和妈妈练习跳跃，一股冷风吹了进来。房间的门开了。

“我回来了！”

是丽奈。

刚回到房间，曲奇就紧跟在美美后面，迈着小碎步出来迎接我。

美美嗅了嗅我身上的气味，就开始用脖子蹭我的脚。

“是不是有外面的味道？”我问道。

曲奇也学着美美的样子，不停地围着我嗅来嗅去。

说真的，小猫咪实在是太可爱了。看着曲奇的样子，我有些动摇，但我告诉自己绝不能这样。

我领着曲奇和美美一起进了被炉。

“我已经找到愿意领养曲奇的人了。”

美美好像听懂了我的话，她的毛都竖了起来。

美美可能原本打算要一直照顾弱小的曲奇，但我一个人照顾两只猫的确有点难。白天要上学，接下来为了考美术大学，我有时还得到乡下去。

“美美，那家人就在附近，你和曲奇随时都可以再见面的。”

美美根本没在听我说话，它用嘴叼着曲奇钻到了被炉底下。

“喵——”曲奇在被炉里叫了一声，曲奇应该不明白发生了什么。

然后美美自己钻出来，使劲儿撞我的脚，好像在说：

“曲奇独立生活还太早了。”

第二天傍晚，领养曲奇的人来了，是姥姥介绍的住在附近的一个女人。我总是给姥姥添麻烦。

那个女人的年龄大概介于妈妈和姥姥之间。虽然有些上了年纪，穿着打扮还是很有品味的。

我一看到她带来的小礼物，就下意识地冒出一句：

“我平时都喊它曲奇。”

“啊，是吗?”

这位老妇人优雅地笑了，她带的小礼物就是曲奇。

“那我也叫她曲奇吧。”

“名字您自己定吧。”

“我很喜欢这个名字。‘曲奇’，多可爱啊!”

很高兴碰到一个随和的人。

“您家养过猫吗?”慎重起见，我边倒茶边问道。

“我女儿小的时候养过……已经是十几二十年前的事情了吧。猫死的时候，女儿哭得很伤心，本以为她再也不养猫了。”

“您以前养过，那我就放心了。”

我将曲奇喜欢的毛毯和盛在塑料袋里的厕所猫砂铺到老妇人带来的新笼子里。曲奇感到很新鲜，嗅了嗅笼子的味道，然后自己主动钻了进去，完全不用我们费事。

老妇人蹲下来，对着美美说。

“您女儿我就带走了。”

美美的眼睛里闪烁着敌意，我连忙把它抱起来。美美的尾巴胀得老粗，这说明它非常地生气。

“欢迎你来我家。”

老妇人对着笼子里正在发愣的曲奇说。

美美从我怀里跳出去，在抓板上拼命地磨着爪子，好像在发泄自己内心无法平息的怒火。

老妇人听我介绍完曲奇喜欢吃的食物和上厕所的习惯后，便带着曲奇离开了。

“喵呜——”美美叫了一声。

“我会去看你的，曲奇。”

“喵呜——喵呜——”曲奇也发出凄惨的叫声。

“妈妈，你一定要来啊！”

我是这样理解它们的对话的。

最后一只小猫咪也送走了。

“曲奇也走了啊……”

我轻轻地抚摸着美美的后背说道。

二

“好安静啊……”

之前的家里很热闹，丽奈和妈妈一直围着我转。在这个家里，把我领回来的女主人和她的丈夫每天一大早就出去了，晚上很晚才回来。

刚来这个家的一段时间，我孤零零的一个人，每天都在哭。不过现在已经慢慢习惯了一个人的生活，开始鼓起勇气到处探险。

我先在楼梯上玩了一会儿。以前丽奈家没有楼梯，我觉得这东西还是挺好玩的。

然后喝了点水，吃了点脆脆的猫粮，接着就开始寻找睡懒觉的地方。

我想找一个能晒到太阳的地方，于是上了二楼。

门虚掩着，我从门缝里钻进去，结果吓了一大跳。

房间里没开灯，里面竟然坐着一个女孩。

我吓得浑身的毛都竖了起来，扑通向后跳了一大步。我跳跃的声音引起了女孩的注意。她长长的头发随意地束起，穿着丽奈睡觉时也会穿的衣服。

阳光透过紧闭的窗帘照射进来，带有大花朵纹样的窗帘上闪耀着光芒。

女孩缓缓转过头来看着我说：

“出去！”

虽然被驱赶，但我还是鼓起勇气问道：

“你是谁？”

但她只是又说了一次：“出去！”

房间的气氛与丽奈的房间很像，但这里的书和东西要多一些。

我走近她，嗅了一下，她散发着一种猎物的味道，是一种马上要被猎杀的瘦弱猎物的味道。

她抚摸了我一下，她的痛苦仿佛传递给了我，我觉得身上火辣辣地疼。

嘎！

窗外传来巨大的响声，我四只脚一用力，扑通一下向后跳了一大步。窗外传来拍打翅膀的声音，窗帘上显现出一只大鸟的轮廓。

这可把我吓坏了，我在房间里窜来窜去，不管怎么样，我得赶紧找一个能够藏身的地方。于是，我在桌子底下、暖气后面、杂志堆里上蹿下跳，

"快停下！"她用嘶哑的声音喊道。

我爬到最高的橱柜上，尾巴胀得粗粗的。

"我的房间……"

她捂着脸，哭了起来。

她为什么哭了啊。

等我回过神来，窗外的鸟已经飞走了。太惊险了！为了让自己平静下来，我开始梳理身上的毛。

忽然，我发现自己脚上缠着一根漂亮的细绳，原来是一个带着银色小铃铛的圆圈，好像是刚才来回跑的时候不小心勾到的。

我慢慢地从橱柜上下来，来到她的面前，她还在哭泣。

丁零。

我每走一步，铃铛都会响——太碍事了。

"哎，能不能帮我把这个东西拿掉？"

她忽然不哭了，瞪着眼睛看了我一会儿，然后紧紧握住那个带着小铃铛的细绳，又开始哭起来，而且哭得比刚才更厉害了。

我完全摸不着头脑。

"谢谢你帮我找到这条手链。"

她把我抱在怀里，轻轻眨着眼睛，她的这个举动让我感到安心。

"你是曲奇吧？"

"喵呜——"我回应道。

"曲奇，我叫小葵。"

然后，小葵给我倒了点水。

看着手中的手链，我感觉自己像是在做梦。

我本来是不同意再养猫的。一方面担心它会把我的漫画弄脏，另一方面，讨厌别人以为我们养猫是为了给我治病。如果我承认自己有病，那我就真的病了。

但是，曲奇帮我找到了麻里的手链，那是很久以前麻里在我的房间里弄丢的。

曲奇拼命地喝着水。

麻里曾经很喜欢猫。

说起来，麻里第一次来我家还是为了看猫咪呢。在我出生以前父母就养猫，那是一只老母猫，叫杰西卡，它总是一副很悠闲的样子。记得杰西卡死的时候，我和麻里都哭得很伤心，还一起把它送到了火葬场。

那之后，母亲就不愿意再养猫了，但我和麻里还会经常给附近的野猫送吃的。

经常来我家的是一只脏兮兮的大流浪猫，一来就到阳台上去吃脆脆的猫粮。它吃东西时动作很大，很有看头。

“曲奇，谢谢你！”

我对曲奇说。

“喵呜——”

曲奇回应了我一声。

小葵的家是一座二层小楼。她和爸爸妈妈一家三口住在一起。小葵的爸爸对我不太感兴趣，我对他也没什么感觉。小葵的妈妈——就是把我带回来的那个人——每天都会正儿八经地和我打招呼，我心情好的时候也会“喵呜”一声进行回应。她每天中午都会回来一趟，给小葵做好午饭后，又急匆匆地离开。

小葵每天都是中午才起床，然后一言不发地吃完妈妈准备好的午饭。她吃饭前会先把我的饭准备好。

所以，我觉得……小葵就是我的主人，我是她的猫。

小葵每天都窝在家里，脸上毫无表情，她的房间里有很多好玩的东西，但从没见她玩过。

我邀请她一起玩儿，但她每次都只是呆呆地看着我，从来不和我玩。

她从来不让我到外面去。

小葵几乎所有的时间都躺在床上，和我们猫类一样能睡。但不同的是她会经常流眼泪。妈妈曾经跟我说过，如果一直哭的话，眼睛下方就会留下泪痕，会很难看。我告诉过小葵，也不知道她听明白没有。

也不知道小葵为什么会如此悲伤。

虽然我有时候也会因为想妈妈而掉眼泪，但从没像小葵这样每天都这么伤心。

看着小葵，有时候我都觉得喘不上气来。

在这个静谧的房间里，我小心翼翼地度过了我出生后的第一个冬天。

三

不知不觉间，已是春天。

整个冬天，我每天晚上都睡不着。我整晚都在想明天早上一定要出去看看，但每到太阳升起的时候，只要一想到要出门，不安就会袭来。万一心脏再次出现剧烈疼痛该怎么办，如果又无法呼吸了该怎么办。虽然我想出去，身体却动弹不得，我感到无比的恐惧。

但我还是想要出去，于是我不断减少在家里能做的事情。心想要是家里没什么可做的，自己说不定就能出门了。

我把手机、电视、书和漫画都扔了。

我已经如此轻装上阵，但仍然动弹不得。

我觉得自己对不起麻里，也对不起父母，我只能不断地责备自己。

最近一段时间，连吃饭都一个人了，不想让任何人看到我。

焦虑占据了我的内心，整个人就像要爆炸一样，但我不知道该怎么办才好。

在梦中，我再也见不到麻里了。

幻觉也将我抛弃。

春天来了，樱花开了。我还是第一次见到如此绚丽的花朵。

一向窗帘紧闭的小葵也在此时拉开了窗帘，我和小葵并排着眺望远处的樱花。

我忽然感到阳台上有其他猫的气息。

“先下手为强！”

想到这儿，我立即做出攻击的架势来吓唬它。玻璃窗对面是一只又大又胖、浑身脏兮兮的公猫。

“要打架啊？”那家伙气势汹汹地说。

“对，放马过来吧！”

“砰——砰——”我使劲儿拍打着窗玻璃。隔着窗户，我才不怕他。不管外面是多么凶狠的家伙，在屋里是没有任何危险的。

“你们一家子都这么狂妄啊！”那只大肥猫说道。

“我妈妈一点儿都不狂妄！”

听到别人说我妈妈的坏话，我有些生气。

“我说的不是你妈，是你爸！”

“你认识我爸？”

“我什么不知道啊。”

“那我有件事想问你。”

“关于你爸？”

“不是。”

关于父亲，妈妈已经告诉我很多了。

“是小葵。虽然我只是小葵养的一只猫，但我想知道怎样才能让她高兴起来呢？”

“我怎么知道？”

“你不是说你什么都知道吗？ 骗子！”

“真是个啰嗦的小屁孩……”

大肥猫盯着我看的时候，小葵忽然打开了窗户。

小葵，你怎么可以这样！

我忽然泄了气，急忙连蹦带跳地藏到了桌子后面。跑的时候不知道碰到了什么，把小葵的东西弄撒了一地。

大肥猫冷笑了一声。小葵把脆脆的猫粮倒在阳台上的铝盆里，大肥猫跟着扑了过去，大口吃起来。

那个吃相惊呆了我。

“你肯定饿坏了吧！”

大肥猫根本没工夫理我，只顾一个劲儿地吃着猫粮。吃完后，伸出舌头把嘴巴周围舔得干干净净。

“为了表示感谢，我会帮你问问的。”

“问谁？ 你能和小葵说话？”

我兴奋地问道。

“我去问约翰，他什么都知道。”

说完，大肥猫跳上阳台的栏杆，扭过头，隔着他那肥肥的脊背对我说。

“我叫老黑。要在这一片儿混，先得记住老大的名字！”

“跩什么跩？”

看着老黑走远后，我回过头，发现小葵正在收拾我刚才碰掉的东西。小葵和丽奈一样，也有一套画具。

丽奈倒是经常画画，可我还没见过小葵在房间里画过画呢，要是什么时候能给我画一张那该多好啊。

到访的不只是老黑和乌鸦。

还有妈妈的男朋友——一只叫做卓比的白色公猫——也经常来看我。

“曲奇，你好啊。”

卓比总是很稳重、很绅士。

“卓比先生，您好。我妈妈还好吗？”

“挺好的，不过前几天碰到了颜料上，把自己的右侧都染成了粉红色呢。”

想到妈妈的样子，我和卓比先生扑哧扑哧地笑了。

我不喜欢野猫老黑，他从来不听我说话，而卓比先生总是认真听我说话，所以我很喜欢他。

虽然妈妈说过，结婚对象要选一个会捕猎的，不过我觉得卓比先生这样的也不错。

四

夏天到了，离麻里的周年忌越来越近。

一年前，我害死了麻里。

“我不是说了吗？我不去！”

我尖叫道。由于长时间没有大声说过话，我的声音有些嘶哑。

“必须去！”

妈妈的表情很坚决。

“我不去！”

“你要逃避到什么时候？”

妈妈说得没错，我自己也清楚。虽然心里明白，却怎么也过不去这个坎儿。

“不用你管！”

“这可是麻里一周年的忌日。当时你葬礼也没参加，扫墓也没去吧？”

所有的一切我都明白。我也想去呀，我也想正式地、彻底地了结此事，也想在麻里的墓前向她道歉。

“快点去啊！”

但是，我做不到。

我用身体把妈妈强行顶了出去，砰的一声关上门。

曲奇吓得蜷缩成一团。

妈妈站在门外，还在说着什么，但我的尖叫声完全盖过了妈妈的声音。

终于，我听到了妈妈下楼的脚步声，那声音听起来是那么的疲惫。

眼泪止不住地从我身体的最深处涌了出来。

我从老黑和小葵那里听说了发生在小葵身上的事。

“我既没有去给麻里扫墓，也没去过她家，我怎么就是不敢出门呢？”

小葵哭着说。

小葵并不是因为房间里舒服才不到外面去的，她是出不去。不管是多么舒适安逸的地方，一直待在那里也会很难受的。

小葵在床上哭了很长时间。我本想想个办法安慰一下她，但是她把自己的内心紧紧地包裹了起来。

外面传来乌鸦撕心裂肺的叫声，小葵把身体蜷成了一团。

乌鸦飞落在阳台上，一只、两只、很多只。

我立刻明白了乌鸦的叫声意味着什么。

它们肯定是想等小葵死后来吃她的肉。

啊，世界上原来还有比我更脆弱的人啊。

我的内心涌起一种从未有过的感受。

我想好了，我一定要保护小葵。

噗！

我一跺脚，向窗帘上映出的乌鸦影子扑了过去。

碰到窗玻璃，声音要比想象的大得多。乌鸦们好像也吓了一跳，扑扑棱棱地飞走了。

“曲奇，没事吧？”

我终于做到了，我很高兴，同时也很担心小葵。我无法控制内心复杂的感情，不停地在小葵的房间里窜来窜去。

五

秋天到了，树木凋零。小葵渐渐消瘦下来，和妈妈的争吵也越来越多。

她有时一整天都躺在床上。每当这时，我都会自己找出猫粮来吃。

深秋的一天，卓比忽然来了。

“曲奇啊，我有个坏消息要告诉你，你妈妈情况不太好。”

“我妈妈？”

“她想见你一面。”

“可是我出不去。”

“哦，你有什么要和妈妈说的，我可以帮你转达。”

我想了半天，也没想出什么像样的话来。

“你告诉妈妈要‘加油’。”

“好的，你妈妈肯定会高兴的。”

小葵起床了，卓比一溜烟从阳台溜走了。

“小葵，我想妈妈了，我想去看看她。”

小葵什么也没说，只是用手抚摸着我，手腕上手链的小铃铛发出丁零丁零的响声。

小葵根本不懂我说的话，她不愿让我离开她。

我忽然生起气来，一口咬住小葵的手链，拼命地撕扯。

“快松开，曲奇！”小葵大喊道。

“你要干吗啊？”

求你了，小葵——我要去见我妈妈。

“松口！滚出去！”

小葵从我嘴里把手链抢了回去，藏在了被子里。

我决定自己一个人去看妈妈。

中午，趁着小葵的妈妈回来收衣服，我从晾衣服的台子上溜了出去，爬到了屋顶上。

“我将来从屋顶上也能跳下来的。”

我忽然想起曾经与妈妈的对话。

“嗯，嗯，你一定可以的！”

我仿佛听到了妈妈的鼓励。我一闭眼，跳了下去。

曲奇离家出走了。

都怪我。

都是因为我说了“滚出去”之类的话。

一直养在家里的猫应付不了外面的世界。之前的杰西卡就是离家出走后，在家附近被车撞死了。

曲奇不了解这附近的地形，很可能回不来了。

可是偏偏父母都上班去了。

我必须去找它。

可我的身体完全动不了，我根本控制不了自己的身心。

因为没去参加麻里的周年忌，我身体的某个部分彻底坏掉了。

现在的我只剩下喘气的气力。

怎么办！

我什么都做不了，只能裹在被子里发抖。

麻里、麻里——救救我，求你了！

没有天花板的世界。

我抬头望了一下广阔无垠的天空，好像自己要被吸进去一般，越看越觉得害怕。我尽量不抬头，急急忙忙往妈妈那里赶。

我跑啊跑啊，终于意识到世界并不是我之前想的样子，世界的广阔远超出了我的想象。

太可怕了。

小葵肯定也是因为这个才不敢出门的吧。

卓比和老黑时不时就到家里来，所以我以为只要出了家门，再稍走一会儿就能回到妈妈的身边。

我嗅到了猫的气味。

我忽然紧张起来，我拼命地跑，想远离这个气味。

现在没有人能保护我。

以前根本不知道世界原来这么大、这么复杂。

在从没见过的小巷里来回跑了很长时间，累得我筋疲力尽。本想找个高树丛喘口气，结果闯了大祸。

里面有人，当我发现时已经迟了，面前站着一只硕大的母猫。

“出去！”

如冰一般冷冷的声音。

“等一下！”

母猫已经露出了爪子，向我扑来。我慌忙跑了出来，但尾巴根儿被挠了一下。

疼痛、凄惨，屁股生疼，我强忍着继续往前跑，已经不知道自己跑到了哪儿，我还能回到妈妈的身边吗……

想到这里，我特别想大哭一场，但最终还是忍住了，因为要是被刚才的那只猫发现就糟了。

我曾无数次地在想一个问题。

如果当时我能立刻去找麻里道歉，告诉她“对不起，我不该说那样的话”，麻里说不定就不会死。

如果我能立刻行动，说不定就不会发生那样的事了。

我不能再让类似的事情发生了。

我去找曲奇，说不定它就能得救呢。

我不想失去曲奇。

我必须得去就它。

曲奇还曾帮我赶走过乌鸦呢。

这次轮到我救曲奇了。

我下了床，穿上上衣。

麻里，帮帮我吧，我央求道。

丁零——麻里的手链给了我勇气，我能在家里自由活动了，我的身体什么事儿都没有。

我要出门了。

我鼓起前所未有的勇气，将大门拉开了一条缝。

但我立马泄了气，腿也开始哆嗦。

我一步都迈不出去，这一步明明和在家里的一步没什么区别。

就像大门外面是真空一样，我开始呼吸困难。

我做不到，我出不去……

眼前暗了下来，门关上了。我踉踉跄跄地瘫了下来。

这时，右手不小心被门勾了一下。

丁零。

手链从手腕上溜了出去，挂在了门把手上。

啊，手链！

在瘫倒的同时我努力伸手去够手链，结果整个身体都靠在了门上。

丁零。

我抓住了麻里的手链。

我忽然发现，为了抓手链，我已经向门外迈出了一步。

我的一只脚已经迈到了大门外。

我吓了一大跳。没事儿的，我有麻里的手链。

手链在我手中，已经扯断了。

啊，我的愿望实现了——麻里的手链帮我实现了愿望。

我已经可以出门了。

我向门外迈了一步，这一步是我自己迈出去的，我的两只脚都在门外了。

门外，是没有天花板的广阔世界。

谢谢你，麻里。

我满怀信心，大步向前。

曲奇，一定要等着我啊。

我无精打采地沿着河边的小路走着。太阳已经落山了。

自己的影子变得越来越长，长到让人觉得不舒服。

黑暗、寒冷、恐怖。每当听到乌鸦的叫声，我就很害怕，我把自己藏起来，心里很不安，不知道接下来会发生什么。

我已经用尽了所有的力气，肚子也饿极了。我不停地走着，不是为了回家，而是为了寻找食物。我既不知道如何一个人捕获食物，也不知道食物在哪里，所以我只能到处乱跑。

忽然，我嗅到一股香味，是米饭和鱼汤的味道。我沿着香味直奔过去，发现有一个瓷器盘子，里面是米饭拌着很多东西，上面还加了鲣鱼干，已经有些凉了。

可能是其他猫的食物，但我已经顾不得那么多了，我扑上去大口吃起来，从没吃过这么好吃的饭。

“小子，那是我的晚饭！”

身后传来说话声，我差点吓晕过去，我最后使劲儿含了满满一口，胆战心惊地回过头来。

眼前站着一只体型硕大、胖得滚圆的流浪猫，我咕咚一口把饭吞了下去。

“老黑！”

“知道我是谁了啊，美美女儿。”

“我叫曲奇。”

“你也被抛弃了？”

“才不是！小葵才不会抛弃我呢！”

“那你这是怎么了？”

“我出来见我的妈妈。”我虚张声势地说道。

“出来办事啊！”老黑坏笑道。

“怎么了？”

“跟我来！”

老黑说着就出发了，我只能跟了上去。

“你也喜欢我妈妈？”

老黑不说话，我就主动问了一句。

“为什么这么问？”

“我妈妈说附近的很多猫都喜欢她。”

“你妈还真自信啊！”

“那你……”

“好了，别说了！”

多亏遇见了老黑，我现在已经不害怕了，所以话也多了起来。可是无论我说什么，老黑都不作答。

走了好久，脚都开始有些疼了，周围开始弥漫着熟悉的味道。

枯叶的气味、松脂的油味……丽奈画画时使用的颜料的气味。

我快步超过老黑，向前跑去。

虽然太阳已经落山了，但我不会看错，那是妈妈和丽奈的房间。

我深吸一口气，“喵呜”叫了一声。

房间里没有反应。

“妈妈和丽奈都不在啊！”

“难道……你妈已经……”

老黑紧缩双眉。

“别胡说！”

我心中涌起一种不祥的预兆，我可能永远见不到自己的妈妈了。

“曲奇——”

有人在叫我，那声音是……

“小葵！”我用尽全力喊道。

小葵来了，我从没想过她会来接我。

她当时穿着睡衣，外面只罩了件外套，光脚穿着凉鞋。

我噌地一下跳到了小葵的怀里。

小葵一看见我，就哇哇地放声大哭起来。

“太好了，小葵——你终于可以出门了！”

我高兴得喵喵直叫。

“嗯，挺好的。”

老黑说完就走了。下次来我家的时候，一定让小葵好好招待你。

一辆汽车驶来，是出租车。

丽奈抱着笼子从车上下来。

“丽奈！”

我从没见过丽奈如此吃惊。

“曲奇！？”

“喵呜——”我又大叫了一声，

“您好，我是曲奇的……”

“是曲奇主人吧，你们是来看美美的吧？请进。”

丽奈说着打开了门。

“我妈妈呢？”我问丽奈。

“放心，马上就能见到啦。”

在丽奈的房间里，我和妈妈重逢了。

妈妈从笼子里出来，脖子上缠着一块不太美观的衣领，后腿上包着绷带。我从没想过妈妈原来如此弱小。

“曲奇长大了啊！”

妈妈虽然瘦弱，但声音很有力。

“妈妈，放心吧，没事儿的。”

“谢谢曲奇！”

我嗅了嗅妈妈的气味，然后帮妈妈梳理毛发，就像以前妈妈对我那样。

不一会儿，妈妈睡着了。

我、小葵和丽奈三个一起注视着妈妈。

“很快就会好起来的。”丽奈说。

“嗯。”小葵应道。

第四章　世界的体温

一

一个夏天的清晨。

老黑避开烈日，蹲卧在冷飕飕的砖墙上，等待着“时机”的到来。远处隐约传来广播体操的声音。

为了猎食，多久老黑都能等。

猎物终于出现了。

盘子里盛满了肉丸子。

一个上了年纪的女人把盘子放在狗窝前。

猎食的时间终于到了。

老黑噌地一下跳了起来，在空中打了个转，四个爪子稳稳地抓住了地面。为了用力稳住自己，他整个身体都向前突了出去。

猎物就在眼前。

不过“敌人”的反应也很迅速。一个硕大的影子从狗窝里蹿了出来，直接跳到了盛着肉丸子的盘子上。

要是老黑直接奔着肉丸子去的话，估计已经被敌人虏获了。但是，老黑的目标不是肉丸子，而是旁边一个盛水的盘子。老黑把身体伏在地上，用力拨拉了一下盘子里的水。水在空中划了个弧线，直接打在了敌人的脸上。敌人下意识地闭上了眼。

就在这个空当，老黑弄到了一个肉丸子。

真香。

“身手不错，你赢了！”

敌人——大狗约翰——说完，自己也慢悠悠地叼起一个肉丸子。

得到约翰的表扬，老黑心情大好。他和约翰已经是老朋友了，他们之间的交流多半是围绕食物展开的争夺战。

“我也老了，竟然上了你的当！”

“是我变厉害了！”

刚开始的时候，老黑和约翰的确是敌人来着，不过现在已经互相惺惺相惜，甚至还带着几分尊敬。

人类做的饭菜基本上都很咸，不过约翰的主人却知道如何充分利用食材本来的味道。老黑和约翰并排着吃起来，那个送饭菜的老年女人在远处笑眯眯地看着。

饱饱地吃了一顿肉丸子后，老黑在狗窝旁的阴凉处躺了下来。

“你知道动物为什么要吃东西吗？”

约翰吃完，趴在自己的两只前腿上说道。

“因为肚子饿呀。”

老黑心想：明知故问。

“那为什么肚子会饿呢？”

“因为活着啊。”

“对，关键就在这儿。”约翰得意地摇着尾巴说道。

“很久以前，世界上生存着一种完全不需要吃东西的生物。”

“不用辛苦找东西吃，那可真是天堂啊！”

“对，就是天堂。”约翰笑了。

接着，约翰讲了一个关于天堂生物的故事。

不用辛苦就有饭吃，没有任何争斗，能够永享和平和幸福——这就是天堂。

在很久很久以前，曾经有过一小段这样的时间。当时有一种生物，既不是人类，也不是狗、不是猫、不是任何花草树木，是一种既非植物也非动物的叶片状生物，他们几乎长满了整个地球。

当时地球上只有这一种生物，这种叶片状生物只要分解大海中的物质就可以获得能量。因此，当时根本不存在你吃我我吃你的食物链。

“那他们平时都干些什么呢？”老黑插了一句。

“什么也不做，就是活着而已。这个幸福的时代持续了一段时间。”

“那后来呢？”

“都灭绝了。后来出现了新生物，他们瞬间就被摧毁了。”约翰平静地说。

之后，各种各样的生物疯了一般涌现出来，就像在反省以前的事情一样。他们都想存活下来，于是互相争斗、互相残杀。叶片状生物的天堂覆灭了，而多种生物互相残杀的地狱却长久地留了下来。之所以这样，主要有两个原因。

那就是多样性和竞争。

单一、死板的世界，只要一遇到威胁，就会立即覆灭。

没有物种之间的竞争，就不会出现更优秀（能够适应环境）的生物。

“你到底要说什么？”

“哈……啊……”老黑打了个大哈欠，“简单说，所谓的天堂是无法持久的。”

“不懂，那我们就活该受罪呗！”

“说得没错。”

“约翰，你知道的可真多！”

“本来我们都应该记得生物诞生以来的所有事情，只不过大家都忘了，只有我还记得而已。”

“可能是吧……”

老黑应道，他喜欢和约翰聊天。

作为猫族的老大，老黑没法和其他猫推心置腹。约翰对老黑的领地没什么兴趣，而且见识又广，所以是最适合聊天的对象。

“老黑，你想知道自己什么时候死吗？”

约翰经常说一些让人意想不到的话。

“不想。”

这是心里话，关于将来的事儿老黑压根儿没兴趣。

“我猜你就会这么说。”约翰得意地说。

“我们什么时候死都不奇怪。一些家伙本来活蹦乱跳的，傍晚时还在担心自己是不是拉肚子了，结果第二天早上就断了气，这样的事儿我见多了。有的甚至被汽车撞得像碎抹布一样。”

在老黑看来，猫是一种随时都可能死掉的动物。

“不过也有些猫，虽然受了重伤，自己连食物都找不到，但现在依然好好地到处闲逛。”

“你说的是美美吧，她的确很了不起。”约翰闭上眼沉思了半天，接着说，“我活不长。”

约翰说话的语气就好像说出了一个珍藏多年的秘密。老黑吃了一惊，大张着嘴，半天没有合上。

“吓着了？”

“都怪你开这种无聊的玩笑。”

“这不是玩笑。”约翰神情凝重。

“你不在了我可怎么办……”

这是老黑的真心话。

“别高抬我了。”

“你不在我就没饭吃了。”老黑半开玩笑地说。

约翰笑了。

“约翰你现在不是还活蹦乱跳的嘛！”

“人类很怕死。”约翰换了个话题。

“不光是人，我们这些狗啊猫啊也一样怕死。”

“人类很奇怪。”

“我在这个家里看过多个老人死去。”

“那是因为你活得时间长。”

老黑想，这可能就是约翰认为自己活不长了的原因吧。

“所以你就开始怕死了？”

“死我不怕，就跟睡觉差不多，我每天晚上都在练习。”约翰有些难以启齿的样子，接着说道，“可是……我放心不下‘她’……”

“她？”

约翰目不转睛地望着正在房间里叠衣服的女人。她是约翰的主人，虽然行动还是那么利落，但头上已经依稀生出丝丝白发。

“她叫志乃。”约翰介绍道。

老黑看了一眼志乃，她笑了，并站起身。

“她是你的女朋友？”

“哈哈哈——很遗憾，她有丈夫，只不过两个人没住在一起。”

老黑看见志乃走了过来，就慢慢挪到了一边。

“她好像有心事的样子。”

志乃从狗窝前把空盘子拿走了。

“她不工作吗？”

“以前工作过。那时她每天都穿着整齐的套装，很有魅力，不过现在已经辞职了。”

“哦……”

和约翰不同，老黑对人类的生活没什么兴趣。

“这么大的房子，她一个人住？”

“嗯。以前还有一个行动不便的老人，她一直照顾那个老人来着。”

“老人就让他自生自灭好了。”

“不管他们会死的。”

“不能自立的家伙，照顾也没什么意义。”

老黑说着伸了个懒腰。

“她把自己的人生都奉献给了照顾慢慢老去的老人。”

听了约翰的话，老黑好像终于明白了约翰要说什么。

“你说话可真绕啊，你是不是就是想说你不想变成那个老人那样？”

“没错。”

说完，约翰闭上眼睛睡着了。老黑也在约翰边上睡着了。

二

“洗澡水已放满。”

提示音乐响完后，电子提示器提示洗澡水放满了。

“知道了，知道了！”

志乃回应道，然后起身从电视机前离开。房子改装成了无障碍式样，因此从客厅到更衣室一个台阶都没有。浴室里四周也都安装了手扶栏杆。

志乃虽然还不需要这些，但有了总归是让人放心的。

她走进黑乎乎的浴室，然后慢慢躺到浴缸里。

不开灯是因为曾经一起住的婆婆说要节约电费，现在想来可能是婆婆对她这个闯入家门的外人的一种防卫吧。于是她也在与婆婆赌气的同时，养成了洗澡时不开灯的习惯。

婆婆生活不能自理，这种欺负儿媳妇的小动作根本不算什么。

“哈——”志乃长长地叹了一口气。

月光透过天窗照进来，她用两手捧起一捧水，月亮出现在手中，她禁不住笑了。

看着月亮的影子都会笑，她真是个好伺候的人。

从浴缸出来，换上睡衣。在晾衣台上吹着微温的夜风乘凉时，空中出现了流星。

志乃正要许个愿，却发现自己什么愿望都没有。

美丽的月夜。年轻人响彻夜晚的喧闹声和国道上来往车辆的轰鸣声都沉寂下来，整座城市又恢复了宁静。

老黑到达约翰与志乃家的时候，院子里已经聚集了很多猫，都是这条街上的流浪猫。老黑看到卓比也在其中。猫群一看到老黑，立即表示出对老大的敬意，主动给他让开了道。老黑来到狗窝前。

终于，约翰慢慢地从狗窝里走了出来，缓缓地环视了猫群一周。

“时候到了，今晚我就要离开大家了。”约翰庄严地宣布。

围在约翰四周的猫群里传出抽泣声，老黑默默地低下了头。

“我们会想你的，约翰！”卓比真诚地说道。

猫们依次和约翰道别。对于生活在这条街上的猫族来说，约翰就是他们的人生字典，也是他们最好的参谋。他一直管理着猫族的领地，避免了猫族间许多无谓的争斗。

约翰热泪盈眶，接受了每只猫的道别。

“今天没到场的猫也一定躺在床上想着你呢。谢谢你，约翰。”

最后，老黑代表猫族向约翰表示了感谢。

“谢谢大家了……”

约翰感动得说不出话来。然后，熟练地将项圈从脖子上褪了下来。

“身手不错啊，约翰！”卓比吃惊地说。

“其实项圈很久之前就坏了。”

皮革项圈戴了很长时间，已经变成了米黄色。

月光下，约翰抖擞全身，然后矫健地向外走去。

“约翰，我还是不能相信你会死……”

卓比追在约翰后面说。

“我不会死，我将成为永远。”

“永远？”

老黑和卓比都无法理解约翰的话。

“我如果死在这儿的话，老黑、卓比、志乃都会确定我已经死了。但是，如果你们没有看到我死去的情景，那就永远不知道我是否真的已经死去。”

“那就是永远？”

“对。”

约翰回头望了一眼，家里只有一个房间还开着灯，志乃就在里面。

“我会照顾好志乃的。”老黑挺起胸膛说。

“那就交给你了，老黑！”

说完，约翰便向远处走去。

约翰和猫族并排走在空荡荡的大街上。

白天的暑气还未散尽，潮湿的空气弥漫在夜空中，猫族很喜欢这样的环境。老黑记得约翰曾经说过，猫的祖先以前是生活在南方的，因此，这样的夜晚很容易勾起他们莫名的乡愁。

渐渐地，猫一只一只离开了大队伍，回到他们各自的领地去了。

最后陪伴约翰的，只剩下了老黑和卓比。

约翰停住了脚步。

“谢谢你俩一直陪着我，为了表示感谢，我告诉你们一个秘密。”

“什么秘密？”

“我还会回来的。”

“真的？”

“嗯，到时候我可能已经变了样子。不过，你们肯定能够认出我的。”

卓比不可思议地听着约翰的话。

“回来的时候，我会满足你们每人一个愿望。”约翰信誓旦旦地说。

“……真的假的？”老黑露出诧异的表情。

“那我的愿望是……”

“不用说出来，在心中许愿就行。”约翰打断了卓比的话。

星空下，卓比虔诚地闭上了眼睛。

老黑觉得这事儿不靠谱，不过还是抱着侥幸的心理，在心里默默想着志乃。

祝愿志乃能幸福，约翰出走后她肯定会很伤心的。

约翰分别看了看老黑和卓比的脸，然后微微点了点头。

“一定不要忘了自己许的愿。如果能虔诚地祈祷，即使没有我，愿望也一定会实现的。”

老黑和卓比互看了一下，交换了个眼神。

我们被整了！

约翰得意地摇了摇尾巴。

“快滚吧！”

老黑大喊了一声，约翰撒开腿跑了出去，速度快得根本不像是一只上了年纪的狗。

终于，街道的远处传来了约翰的叫声。

“什么快要死了，这不是还挺有劲儿的嘛！”老黑气呼呼地说。

“哎，老黑……”

在和卓比一起回去的路上，卓比怯生生地说道。

“什么事儿？”

“你许了什么愿？”

“什么也没许。”

他在说谎。

“真的？”

“你不会真信了那家伙的玩笑吧。”

“他没开玩笑，他每次讲重要的事情时都是那个表情。”

“谁知道呢……”

“我许的愿是希望我的女朋友能幸福……”

老黑并没有问，卓比自己主动说了出来。

“这种事儿就别说了。”

老黑很害羞。不过，他也很羡慕卓比能理直气壮地说出这些话。

“那再见了，老黑。”

卓比沿着夜晚的街道跑了出去，应该是回到他女朋友那里了吧。

老黑目送着卓比，陷入了沉思。

志乃就由我来照顾了？

虽说是在当时那种情况下一激动说出的话，但既然说了就要负责。

老黑披着一身月光，沿着来时的路静静地走了回去。它悄悄钻进约翰的窝，等待着早晨的到来。

狗窝里都是约翰的气味，老黑在梦里见到了约翰。

志乃做了一个自己都想笑的少女梦。

她梦见自己坐着流星在宇宙中旅行呢，那流星还真是五角形的。衣服是现在的衣服，不过自己却是以前的样子。整个身体轻飘飘的。

另外一颗流星飞过来，上面坐着一个人。

原来是约翰。它像宇航员一样，戴着圆形玻璃头盔。

“约翰，是你啊！”志乃叫道。

“啊，志乃小姐！”

约翰用日语说道。因为是在梦里，也没有觉得奇怪。

“赶紧许个愿吧，对着流星许愿，愿望就能实现！”约翰眨着眼睛说道。

“那就让我变年轻一点吧。”

“你已经够年轻了。”

自己在梦中的确回到了少女时代。

“啊，的确是。”

“那就许个别的愿望吧。”

志乃立即想起了另外一个愿望。

“那你替我做次早饭吧。”

要是早上一起来，发现早饭都做好了，那该是一件多么幸福的事情啊。

“交给我吧！”约翰用前爪拍着自己的胸口说。

这时，志乃醒了。

可能因为做了奇怪的梦，志乃心里有些不安。

不会是真的吧……当然了，并没有人帮她把早饭做好。

“这是自然的呀。”

志乃笑了，她觉得自己有些奇怪，竟会冒出这种愚蠢的想法。

她开始用昨天剩下的饭菜给自己和约翰做早饭。

闻到一股饭菜的香味，老黑睁开了眼睛。可能是昨晚熬夜的缘故，他一直熟睡到今天早上。

老黑慢吞吞地从狗窝里走出来，看了一眼志乃。

“哎！？”

志乃有些吃惊。

“志乃小姐，虽然有点不好开口……约翰昨晚去旅行了。”

老黑用自己的方式解释了半天。志乃自然听不懂老黑在说些什么，但当她发现了约翰的项圈之后，好像明白了什么。

“好不容易做的早饭，你吃了吧。”

老黑一个人享用了约翰的早饭，虽然自己年轻的时候一直想独占约翰的食物，但轻而易举得到的饭菜好像缺少了点什么。

“你以后就住这里吧。”

但老黑拒绝了志乃的邀请。

“我是一只流浪猫，不需要别人领养。”

这是老黑的信仰。

老黑吃光了早饭后，离开了志乃的家，他还有很多正事儿要做呢。

第二天，老黑决定早上再去看看志乃。

我也太好心了，但因为是约翰的嘱托，我没有办法拒绝。

每当老黑去志乃家的时候，志乃都会主动给他准备食物，老黑也会照单全收。依然是那么美味，鱼汤和鸡肉的绝配，老黑慢慢喜欢上了这种味道。

老黑埋头吃饭，无意间一抬头，看到了美丽的志乃。

她每天都会做饭，所以食物永远是新鲜的。老黑决定以后每天都来看望志乃。

终于，老黑厌倦了每天跑来跑去，他决定今后就住在约翰的窝里。志乃多次邀请老黑到自己屋里去，但老黑都拒绝了。要是进了屋，就不能算是流浪猫了。虽然会吃志乃给的食物，但老黑一直睡在约翰的窝里。

慢慢地，老黑和志乃开始在老旧的走廊上聊天了。

自从约翰走后，他们都需要交流的对象。

志乃忽然抚摸了一下老黑的后背。老黑从来没有被人抚摸过，所以最开始差点跳起来，不过他忍住了。慢慢地，他开始觉得被人抚摸的感觉还是不错的。

志乃一个人住在这座老房子里，志乃聊的都是一些已经过世和不住在这儿的人。

那是我充满朝气、青春靓丽时候的事了。

丈夫的父亲——也就是我的公公忽然因为脑血栓而卧床不起，需要人照顾。

婆婆怕别人说闲话，坚持要在家里照顾公公，丈夫也觉得应该这样做。当时谁也没有料到在家照顾脑血栓病人是一件多么残酷的事情，后来花了很多钱对房子进行了改装，就更没有退路了。

在照料病人这件事上，无论是照料的人还是被照料的人，压力都很大。

公公一直处于公司的上层，自尊心特别强，他至死都没能接受得病后的自己。曾经那么优秀的人，病后稍有一点不顺心便大发雷霆。必须随叫随到，对于餐具的撤换也吹毛求疵，发火、威胁，甚至使用暴力，后来还得了被害妄想症。

婆婆一直在忍耐。后来我辞掉了制药公司的销售工作，回家帮婆婆一起照顾公公。

公司的领导想让我留下继续工作，建议我们将公公送到福利院去，但丈夫没同意。

最后一天上班时，领导告诫我说：

“自己的人生还是要给自己留一点时间。”

到后来我才真正明白这句话的含义。

照顾公公的时间比我预想的要长得多。

公公去世的时候，婆婆双手合十，说了声“谢谢”。

不久，婆婆就开始出现老年痴呆的症状。

当时，丈夫已经不经常回家，就靠我一个人照顾她。婆婆的行为举止变得和公公毫无二致。她曾经那么的憎恨公公的粗暴，但现在自己却重复着同样的事情。我只能独自一人承受她给的压力，但我并没有放弃，一直坚持照顾她。

我已经过了回公司继续工作的年龄，同时也是为了和在外面找女人的丈夫较劲。

婆婆变得承受不了任何压力，大叫、乱闹，临死的时候连自己是谁都不知道了。

最后，只剩下这栋无障碍的房子和筋疲力尽的我。

我和丈夫没生过孩子。要是有个孩子的话，情况说不定就会有所不同。丈夫从事的是社会福利工作，他一点都不了解自己家是如何照顾老人的，却在全国飞来飞去给人做讲演，介绍老年人护理和医疗问题。

“丈夫也不回家……这个空荡荡的家里，只剩下我一个人。”

志乃满脸寂寞地笑了。

“哦……”

老黑无法理解人类世界发生的事。

“有时我就想，我这一辈子到底为谁而活……”

志乃挠了一下老黑的下巴。

“你多好啊，自由自在。”

老黑一直活得很自由，所以也非常清楚自由是需要代价的。

“屋子里有床、有暖气，还有美味的食物。真不知道你说的‘空荡荡’是什么意思……”

志乃眯着眼睛，露出高兴的表情。

“虽然约翰走了……但很高兴你能来陪我。”

呵呵，真是个单纯的女人。老黑霍地站了起来。

我必须得教给她一些生存技能。

“跟我来。”

老黑陪着志乃一起出去散步。

猫的生存技能都是在街上学到的。志乃虽然上了年纪，但学点新东西还是没问题的。

老黑就像教育不谙世事的小猫那样，苦口婆心地将猫族的生存技能教给了志乃，

首先，要保证能喝到水。有些水能喝，有些水不能喝。

水汪里的水不干净，喝了会拉肚子。公园里喷泉的水，看着很干净，但因为是相同的水在循环，喝了也会闹肚子。饮水处的水就没问题，口渴时，你可以舔一些水龙头上滴下的水珠。

此外，老黑还介绍了捕猎的技巧。只要学会了猎食，无论在哪儿都能生存下去。而且猎食会很爽、很好玩，会让你觉得很有干劲儿。

“志乃，你在这儿等我一下。”

老黑跳到草丛中，抓了一只蝗虫回来。先学着抓一些蝗虫之类的吧。

老黑啪嗒一下把蝗虫扔到志乃的面前。

“好厉害啊！”

然后，志乃把老黑好不容易抓到的蝗虫放走了。

“你这不是耍我吗？你到底想不想学啊！？”

老黑努力规劝，但志乃只是边抚摸他边说些“好厉害啊”之类的话，老黑渐渐放弃了。

算了，慢慢来吧。

后来，老黑和志乃每天早晨都会出去散步。

一天，他们见到了一个熟悉的身影。

“早上好，小葵。”

志乃称呼那个女孩儿小葵。

“啊，早上好！”

她是曲奇的主人，当时曲奇迷路时她来接过曲奇。她比上次穿得整洁，气色也好了不少，看起来漂亮多了。

“去上班？”

“嗯，从今天开始。”

“加油！”

“谢谢。那是……您养的猫？和偶尔来我家的那只很像。”

“说不定就是他。他现在是我家的食客。”

“食客啊，不错啊。”

说着，小葵在老黑的面前蹲了下来，并伸出了手。

老黑下意识地伸头去嗅。原来这是个陷阱，小葵一把抓住老黑，瞬间将他翻了过来，然后用手抚摸着老黑的肚子。老黑身子一挺准备逃走，但小葵抚摸得太舒服了，于是他放弃了反抗。

她还真会伺候猫……舒服！

“曲奇还好吗？”老黑问道。可在小葵听来，这只不过是喵喵的猫叫声。

“我家也养了一只猫，现在还很小。前段时间还自己从家里跑出来，去见她的妈妈了呢。”

“哎呀，好聪明的小猫啊！”

“才不是呢，是我送她去的。”

当然，她们根本听不懂老黑在说什么。

唉，无所谓了。

和小葵告别后，志乃和老黑踏上了回家的路。老黑本来还想再巡视一下自己的领地，但志乃好像已经很累了。

一回到家，老黑感觉院子里好像有什么东西。

“难道是……约翰？那家伙回来了？”

老黑噌地蹿到狗窝看了看，约翰并不在里面。

有个东西半躺在走廊边上。不是约翰，是一个年轻男人。西装皱巴巴的，手里提着一个便利店的塑料袋，脸色苍白。

老黑虽然不认识他，但并没有感觉到威胁，因为他身上散发着一种与志乃相似的气味。

“难不成是亮太……？！”

听到志乃的声音，那个男的睁开了眼睛。

“姑姑，好久不见。”他半躺在那儿，微睁着眼说道。

“是啊。你怎么了？”

“姑姑，如果有电话找我，你就说没见到我。另外，一定不要告诉我爸爸——求你了！”亮太一副走投无路的样子，拽着志乃央求着。

“你肯定遇到什么事儿了吧……好吧！”

志乃爽快地把这个不速之客让进了门。

三

我既没有什么宏图大志，也没什么过分的奢望，只想平凡地活着。

我没有什么特殊的才能，也没有特别的负担。学习成绩一般，但应该还是能考上大学的。我从来没有做过值得赞扬的好事，也从没因为做错事而被父母打骂过。

我中学时练过几年的田径，也曾多次参加比赛，但从未打破过省级大赛的纪录。从未因病伤住过院，也没碰到过父母离异、欠下巨额债务或好友自杀那样的事情。

我就这样平凡地活着，和同龄人一样参加高考，进入了当地的一所大学，平平淡淡地过着每一天。一眨眼到了就业的时候，可我一直没有找到合适的工作。我开始发现，这个社会根本不需要我。

不知道我到底哪里做错了，我和周围人一样生活来着。

感觉好像脚下的梯子被抽走，自己悬在了半空中。

之前设想的那种普通生活，原来只有那些有能力、有才华的家伙才能过得上。

以前一直以为只要自己和周围人一样生活，就能够出人头地。可能是我想错了。对于就业难的问题，人们众说纷纭，比如裙带关系啊、经济不景气啊、年轻人不应该对工作太挑剔啊，等等。当然，把问题归结于世道不好，自己会轻松许多，但什么问题也解决不了。

走投无路之际，父母给我找了一份秋季开始上班的工作，就是所谓的二次就业。我很吃惊，从没想过自己的父母还有这样的路子。得到消息后，我就兴高采烈地去了单位。

那是一个 IT 企业。我虽然不熟悉编程和计算机操作，但什么工作我都愿意做。

但是，入职培训的内容并不是编程或计算机操作，而是莫名其妙地被要求在地上挖坑。我们和那些刚刚跳槽过来的年轻人一起，要挖出一个盖过身高的大坑。我们一边挨训一边干活，手掌上起的水泡都磨破了，终于挖出了一个大坑。

公司领导表扬我们“干得不错”时，我们拖着疲惫的身躯流出了热泪——那是一种从未有过的成就感，我们觉得自己被这个社会承认了。但现在想来，那只不过是他们的惯用伎俩罢了。

之后我开始全身心地投入工作中。接受了最低限度的培训之后，我被分到了一个从一开始就存在问题的项目。我拖着疲惫的身体拼命工作，感觉比挖坑的时候还要累。

与技术相比，这个公司更需要气势。只要有底气，技术马马虎虎也能蒙混过去。

我被安排住进了客户公司附近的旅馆，一连好几个月都没能回家。

有一天忙得连旅馆都没回。本想和往常一样在客户公司的热水房里泡一桶备好的碗面，结果我发现自己竟然连泡面都不会了。

我都不知道自己在说什么。

我已经搞不清楚汤包和调料包之类的应该先开哪个、先放哪个。看了好几遍说明，就是看不懂。

忽然后背一阵发凉。

我出问题了。我把尚未泡好的面放在昏暗的热水房的水壶边，悄悄地从楼梯逃了出去。

手表的指针指向六点，但可能是因为一直看电脑显示器的缘故，总觉得周围看起来特别地黄。写字楼一条街上没人，自己就好像无意间闯入了另外一个世界。

走到车站我才发现，现在不是晚上六点，而是早晨六点。

刚好一辆电车驶来，于是上了车，坐在一个空位上睡着了。手机不知道忘在什么地方了，也可能无意之中扔掉了。

这时，很多人上了车，我醒了。我发现在这儿换车的话，正好可以到姑姑家。

我们已经好几年没见面了，但姑姑一直很疼我——我现在只想找一个能认可自己的人。

亮太没日没夜地睡觉。

老黑说他像猫一样能睡。

“这是我侄子。”

志乃向老黑介绍道，亮太好像是志乃哥哥太助的儿子。

从这天开始，志乃每天都做两个人（当然还有老黑）的饭，一直挽留着想马上离开的亮太。

“这个工作是父亲托关系才找到的，这下让父亲很没面子，家也回不去了。”

亮太开始断断续续地诉说发生在自己身上的事。这个公司真过分，志乃气愤地说。虽然亮太讲的事情超出了老黑的理解能力，但老黑知道，他是从一个痛苦的地方逃出来。

“你就放心地住在这里好了。”

亮太的身体渐渐好转，志乃很高兴，但对老黑而言却是件麻烦事。

哎呀呀，这小子康复了就意味着又多了一个需要照顾的人。

亮太故意拿线团逗老黑。老黑觉得这种行为很没礼貌，于是一下子把线团抢了过来。老黑想告诉他谁才是前辈。

志乃可能天生就喜欢照顾人，我觉得她最近气色比以前好了不少。

休养了一个夏天，亮太已经可以出去走走，也可以帮着做些家务了。

“你这么自由，真好！”

看到老黑悠闲地走过来吃食，亮太笑着说道。

“你们人类才更自由吧？”

人和猫不一样，什么都能吃到，哪儿都能去。

每次亮太想要逗老黑的时候，老黑都会毫不留情地回击，可亮太总是不吸取教训。他总想抓住老黑，然后抚摸他。

老黑又一次从亮太的手中逃脱，这时，卓比来了。

“让人抚摸其实挺舒服的。”卓比说。

“那让他抚摸你吧。”

虽然卓比那样劝老黑，但他绝不让主人以外的人碰自己。

“他还真是个认真的人啊！”卓比这样评价亮太。

那一天，亮太正按照志乃的要求，在院子里拔草，拔出的杂草堆成了小山。

“再无用的家伙也是有可取之处的。”

老黑和卓比并排站着，看着远处的亮太。

“过于认真的人总是无法将责任推给别人，所以只能自己埋怨自己，让自己很痛苦。”

老黑心想，卓比作为一只猫虽然不怎么样，但他还真了解人类啊。

“这家伙就是个操心的命。”

说完，老黑忽然意识到卓比的主人也是如此。

“你小子的主人也差不多啊。”

“嗯，很像。”卓比心事重重地说。

志乃发现教育别人是一件特别令人愉悦的事情。

在此之前，她从没教过别人，别人也没向她请教过。

虽说只是一些家务，但是看到亮太的进步，她仍然很高兴。

要是自己也有孩子的话，应该也是这种感受吧。想着想着，志乃觉得每天的生活都充满了希望。

刚开始时，亮太基本上不会做家务。志乃耐心地教他如何做米饭、如何擦窗户，在志乃看来，亮太是一个值得教的学生。

三个月后，两人之间已经没了拘束，开始随意闲聊了。

与家人一起围着饭桌闲聊是一件多么愉快的事情啊，这种感觉志乃已经很久没有感受过了。

担心已久的那一天终于到来了。

一大清早，家里的门铃响了。按门铃的人急躁地乱按一气。

“亮太，我知道你在里面!”

是志乃的哥哥太助的声音。

“我爸来了……”

亮太正在准备早饭，他停下了手中的活，脸色苍白。

“不用怕。”

志乃深吸了一口气，关掉了灶火。蹲在灶台上等着吃早饭的老黑也慢吞吞地站了起来，老黑和志乃的眼神碰到了一起。

老黑的表情好像在说：“我帮你吧！”

战斗打响了。

大门玻璃上映出好几个人影。

这些家伙仗着人多竟然欺负一个老人。

志乃体内热血沸腾，她已经好多年没有这种感觉了，就连丈夫从家里搬出去的时候她都没这样过。志乃很气愤，老黑受到了志乃的感染，竖起了尾巴。

没错，老黑，这就是一场保卫领地的战争。

“亮太！你给我出来！”

太助疯了一般敲着门，志乃毫不畏惧地打开了门。门外，太助领着一群穿着黑西装的人。

“太助哥哥，好久不见啊！”志乃的声音很平静。

“志乃，亮太在哪儿？”

“你请回吧。”

一听志乃拒绝了自己，太助马上变了脸。

“行了，快把他交出来！”

“你一点都没变，还是这么没礼貌啊！”

“爸爸，你别闹了！”

亮太从屋里走出来。

你小子一出来，不都白费了……

看到好久不见的儿子，太助气呼呼地说：“亮太，你真给我丢脸啊！”

“我……”

亮太出来时还气势汹汹，可一见到自己的父亲，马上蔫儿了。

“你的面子和你儿子的命，哪个重要？”

志乃平静地说。

“你别夸张了！”

“哼——”志乃呼了口气，两眼瞪着哥哥。

“你请回吧。”

志乃直截了当地说道。这时，太助的眼中露出了一丝疑惑。志乃出嫁已经很长时间了，现在已经不是自己眼中那个娇小柔弱、优柔寡断的小妹妹了。

太助带来的人抓住了志乃的胳膊。

“喵呜——”

老黑发出愤怒的叫声，犹如地底下传出的轰鸣，撕裂般的尖叫透着一种恐怖的气势，那是一种野生动物特有的吼声。

太助和黑西装们毫无准备，吓得打了一个趔趄。

“真可笑！”志乃挣开黑西装们的手，“这么一大群人竟然害怕一只猫！”

太助显得很狼狈。

“……你准备把亮太怎么样？”

“不怎么样！就让他在我这里待着。”

志乃和太助相互怒视着。最终，太助先移开了视线。

“我还会再来的！”

“再来我就报警！”志乃朝着转身离开的太助喊道。

太助和那帮人离开了，亮太向志乃表示感谢。

“姑姑，我……谢谢您！”声音里带着哭腔。

老黑狠劲儿拍打着亮太。好像在说“坚强点”。

“走，吃早饭去！”

志乃用尽可能轻松的语气说道。她缓缓松开紧攥着的拳头，她的手竟然攥得没有一丝血色。

四

四季轮回，冬天到了。

老黑今天醒得比平时早些。

志乃还没起床，老黑踩在她的肚子上，准备去上厕所。

“嗯——”志乃哼哼了一声。

天蒙蒙亮的时候最适合出去捕猎了，可这么冷的天，还是算了吧。

厕所的洗面台虽然有点冷，可比外面要强多了。想到这里，老黑摇了摇头。

不行不行。这样下去，我真成了一只收养猫了。那我只在冬天才盖着毯子睡觉……

整个冬天，老黑都住在志乃家。养着两个食客，志乃忙得脚不着地。

志乃一直想给老黑洗澡。刚开始的时候他总是逃来逃去，后来，志乃趁老黑熟睡的时候，把他按到了水里。不过，习惯之后才发现，泡澡还是挺舒服的。这种享受让人类独占实在太可惜了。

解完手后，可以用后腿踢着白色的猫沙玩——这种厕所真舒服。

厨房里亮着灯。最近，亮太负责给大家做早饭。刚开始的时候他做的饭又咸又难吃，这几天做得好些了。

志乃不用再早起做饭，她说没有比这更让她高兴的了。

老黑正准备回去睡觉，忽然感受到一股熟悉的气息。

这种气息似曾相识。

“约翰！”

老黑嘴里说出了这个久违的名字。想想自己真薄情，最近已经很少想起约翰了。

“约翰——”老黑大声喊道。

他从猫的专用通道钻到了屋外，毫不畏惧冬天刀子般的寒冷，在院子里跑来跑去。

云层很低，一片白色的碎片从天空飘落。

下雪了。

记得约翰很喜欢雪。

“约翰！ 你在吗？！”

老黑边呼喊着约翰的名字，边在院子里跑来跑去。

“怎么了，老黑？ 外面很冷啊。”

亮太穿着厚厚的衣服，从厨房走了出来。

“快看，亮太！”

老黑抬头仰望着天空。

“啊，下雪了啊！”

亮太也抬起头。

“这种天气，那家伙说不定会回来。”

老黑跑了出去。

“哎，你去哪儿？ 早饭还没吃呢！”

老黑尽情奔跑在早上清冷的空气中。雪越下越大。

“老黑，别跑！”

身后传来吧嗒吧嗒的夸张的脚步声，老黑知道，是亮太追了出来。

“快来，亮太！ 说不定约翰能帮你实现愿望！”

老黑尽情地跑着，完全不在乎自己是否闯进了其他猫的领地。跑过一段上坡路，从公路护栏跳到了一道围墙上，然后借助自动售货机，从一道墙跳到了另外一道墙上，一直朝着更高的地方跑去——管他是谁的领地。

他好像听到了约翰的叫声。

强风裹挟着雪花扑面而来。

老黑奔跑在沥青路面上。

“约翰！”

卓比喊着约翰的名字，爬上坡来。

“卓比！”

卓比和老黑并排跑着。早班电车已经开驶，高架桥上传来电车的轰鸣声。

轰鸣声增添了卓比和老黑的勇气，他们朝着坡顶，并排跑着。

眼前出现了美美居住的那栋木质公寓，美美和丽奈的房间里还亮着灯，可能是丽奈又通宵作画了。

顶风冒雪，他们继续跑着。跑过一段下坡路，从神社当中穿过，进入了待售住宅区。他俩沿着其中的道路继续奔跑，不停地向前、向前。

他们经过曲奇和小葵的家门口，门前的邮筒换成了新的，上面画了一只大理石纹样的猫，很像曲奇。

“画的是曲奇。”卓比叫道，不用说也知道。

老黑和卓比继续向前跑去，感觉离约翰的气息越来越近，前面一条很陡的台阶路延伸到小山丘上。

“不会是要爬上去吧。”身后传来亮太绝望的声音。

“约翰——”老黑喊道。

“就在附近了！”

卓比也感觉到了。他们沿着台阶一口气爬到了这个城市里最高的地方——山丘上小公园里的小排椅。

雪越下越大。

电车从这里驶过。

“这么大的雪肯定会积起来的……”

“肯定会的！”

卓比和老黑并排站着，眺望着远去的电车。山脚下的城市终于从沉睡中苏醒，整个城市嘈杂起来。

亮太大口喘着粗气追了上来。

“老黑……你到底要去哪儿啊？”

亮太气喘吁吁。明明是个年轻人，真没用。

卓比朝着亮太相反的方向望去，远处传来一个女人的脚步声。

“卓比！”

一个穿着大外套、剪着短发的女孩走了过来，老黑觉得她圆滚滚的样子就像一只硕大的猫。

“她是我女朋友。”卓比炫耀地说。

女孩看到亮太，露出吃惊的表情，可能是没想到还有别人在这里。

“嗯……我是这家伙的主人……”

亮太也有些语无伦次。

“我的主人是志乃，我是她的猫，才不是你的呢！”

老黑愤愤不平，可亮太根本没理他，现在他的眼里只有卓比的主人。

女孩朝卓比伸出手，卓比熟练地跳到她的怀里。

“卓比忽然跑了出来，吓了我一跳。”

“我家的老黑也是……哈哈哈！”

亮太爽朗地笑着，两个人的目光交织在一起。

“这还是入冬以来的第一场雪呢！”

终于，女孩开始和亮太聊起来，亮太兴高采烈地回应着。

约翰的气息消失了。

老黑抖了一下身上的雪。

“老黑，我的愿望可能实现了！”

“你许的什么愿来着？”

卓比抬头望着女孩，她的脸上闪耀着幸福的微笑。

女孩的表情让老黑想起了最近一段时间的志乃。

是啊，我的愿望好像也早就实现了。

老黑知道，自己可能永远见不到约翰了。

谢谢你，老朋友。

老黑望着远处的天空自语道。

尾　声

漫长的冬天过去了，到了樱花烂漫的时节。

我抱着笼子里的卓比，走在河边的樱花树下，浅桃色的花瓣随风飘落。

飘舞的樱花瓣勾画出空气流动的曲线，这是我们用肉眼无法发现的。

“没办法，人的心情用肉眼是看不见的。”

曾经有个陪我一起走的人告诉过我，这句话让我顿觉轻松。

在那以前，我一直责怪自己为何读不懂别人的心情，以为都是因为自己无法看到其他人能看到的东西，才会伤害到周围的人。

有时我甚至不知道自己的真实想法。我老觉得别人明明已经觉察到了，却假装不知道，看来是我想多了。

是他告诉了我这些。

多亏了卓比，我才遇见了这个人。

迎面的风吹来了樱花花瓣。

“好漂亮啊，卓比！”

卓比在笼子里听到我的话，“喵呜”地叫了一声。

自从那天早上在飘雪的公园里碰到他以后，我们就时常见面聊天。

慢慢地，我觉得我们可以相互了解一点了。

我一直觉得在那个飘雨的日子，是我救了卓比。

但其实，被救的正是我自己。

“美美，快下来！”

雅人对着站在书架顶上的美美喊道。

美美脚上的伤已经完全康复，现在哪儿都能去。

“别玩了，我得赶紧把行李整理好！”

我边用报纸包餐具边说。

“哎，丽奈，我可是你的前辈噢……”

雅人边说边开始认认真真地用绳子捆杂志。

我终于通过了考试，虽然晚了一年，但还是和雅人考入了同一所美术大学。

我决定回家住，所以要离开这个公寓了。

“啊，没想到你还看这样的漫画啊。”

雅人边捆四格漫画的月刊杂志边说道。

“有个朋友在画漫画。”

“这个专业的漫画家是你的朋友啊？真厉害！”

这个人就是曲奇的主人小葵。她最近一边工作，一边开始在杂志上发表有关猫的四格漫画。

自从她上次和曲奇一起来看过美美后，我们便成了好朋友，她时常会带着曲奇来玩。曲奇也一岁多了，已经是个亭亭玉立的美女了。

窗户开着，樱花瓣随风飘了进来。

我的心里忽然涌起感伤的情怀。

接下来，我也要迈向一个新的世界了。

我在她的房间，和她一同望着深蓝色的天空。

风儿轻声低吟，薄薄的云层飞速移动着。

“卓比——”美优叫我。

“怎么了？”我问道。

她虽然嘴上什么都没说，但我知道她的心思。

我们两个已惺惺相惜。

我爱这个世界。

这种感觉如此强烈。

美优突然笑了，我抬起头，望着她灿烂的笑脸。

她一定也读懂了我的心思。

美优一定也深爱着这个世界。

图书在版编目(CIP)数据

她和她的猫/(日)新海诚原作;(日)永川成基著;
李友敏译. —上海:上海译文出版社, 2014. 6(2017.1重印)
ISBN 978-7-5327-6630-7

Ⅰ. ①她… Ⅱ. ①新… ②永… ③李… Ⅲ. ①中篇小
说—日本—现代 Ⅳ. ①I313. 45

中国版本图书馆 CIP 数据核字(2014)第 091237 号

图字:09-2014-090 号

她和她的猫
〔日〕新海诚　原作　〔日〕永川成基　著　李友敏　译
责任编辑/赵　平　装帧设计/柴昊洲

上海世纪出版股份有限公司
译文出版社出版
网址:www.yiwen.com.cn
上海世纪出版股份有限公司发行中心发行
200001　上海福建中路 193 号　www.ewen.co
江阴金马印刷有限公司印刷

开本 787×1092　1/32　印张 6.5　插页 5　字数 55,000
2014 年 6 月第 1 版　2017 年 1 月第 6 次印刷

ISBN 978-7-5327-6630-7/I·3989
定价:35.00 元